www.united-pc.eu

Frenkenberger Gerald
Limpl-Götzinger Cindy
Illustration: Fuchs Alois

SPRUNGNASEN

Die Entführung
**Ein spannender Wissensroman
aus der Zeit Maria Theresias**

Inhalt

Liebe Leserin, lieber Leser, ein kleines Vorwort!

Ob du das glaubst oder nicht, ich war in der Zeit Maria Theresias. Hautnah erlebte ich die Geschichte, die du gleich lesen wirst. Ich hoffe, dass dich die Ereignisse genauso fesseln werden wie mich.

Aber beim Lesen ist es ja wie im Leben: Immer gibt es einige Seiten, die uns langweilig scheinen, die wir schnell vergessen möchten. Aber nur Geduld! Auf jede Langeweile folgt Spannung, und von der gibt es in meiner Geschichte genug.

Lass dich verführen von uns vier Sprungnasen, freue dich auf die Abenteuer und die Ereignisse aus dieser lang vergangenen Zeit.

Eine Zeit, in der Elektrizität ein Fremdwort war, jeder Weg zu Fuß, zu Pferd, oder höchst unbequem, auch mit einer Kutsche zurückgelegt wurde. Eine Zeit in der man noch an Hexen und Zauberei glaubte.

Na gut, ich sprang auch zauberhaft durch die Gegend, aber daran ist wohl unsere heutige Technik schuld, das Smartphone wars, so viel steht fest!

Komm mit uns Sprungnasen, folge mir und uns, und lerne ganz nebenbei ein paar bemerkenswerte Dinge dieser Zeit.

Löse fleißig die Nirwanarätsel – die Rätsel der zauberhaften Wesen aus dem Nirgendsland. Nur dadurch findest du das folgende Kapitel. Die Kapitel sind nämlich zauberhaft durcheinander geraten, und nur wenn du richtig löst, kannst du unsere Geschichte in der richtigen Reihenfolge lesen. Da folgt zum Beispiel auf Kapitel 1 dann Kapitel 12, halt, jetzt hätte ich das bald verraten. Du sollst ja selbst die Rätsel lösen und dabei auch noch in Deutsch was lernen und vertiefen, ganz nebenbei, wie schön.

Nun Schluss mit all den weisen Worten, los geht's, begleite mich und meine Freundinnen und meinen Freund auf unsren abenteuerlichen Wegen.

Viel Spaß und Wissen wünschen euch
Sebastian, Maria Karolina, Anna und Peter

PS.:
Du willst mit den Sprungnasen weitere Abenteuer erleben?
Dann schau auf unsere Homepage:

http://frenkenberger-limpl.pageonpage.com

Dort findest du die aktuellsten Planungen zu weiteren Titeln, erhältst Informationen zum geheimnisvollen Volk der Nirwanerinnen und zu den Sprungnasen.
Dort kannst du uns auch deine Meinung zum Roman mitteilen. Wir lernen aus deiner Kritik, freuen uns über Lob und antworten gerne auf deine Fragen.

1: Das Jahr 1762

„Sebastian, Schluss mit dem Computerspielen. Das Wetter ist wunderbar. Geh hinaus zum Spielen!", fast täglich hörte ich einen solchen oder ähnlichen Satz von meiner Mutter.

Ich wanderte daher wieder einmal in den nahegelegenen Schlossgarten Schönbrunn. Mich interessierten die „Ach-so-schönen-Blumen" im Schlosspark nicht ein bisschen. Meine Freunde wohnten nicht in meiner Nähe. Sie durften alle viel länger am Computer sitzen.

Hatten die ein Glück, meine Mutter war einfach zu streng!

So schlenderte ich planlos und gelangweilt im Park herum. Ich nahm einen Stecken und malte Blumen in den Sand am Weg. Dann zählte ich die Touristen. Am Himmel sah ich Elefanten. Die Wolken formten sich danach zu Gesichtern. Da sah ich in unmittelbarer Nähe zum Schloss ein kleines Gartenhäuschen hinter Büschen und Bäumen. Ein Drachenkopf zierte die Dachrinnen an jeder Ecke. Aus den Drachenmündern ragte jeweils eine lange, rote Zunge.

„Na, dann werde ich mir diese Hütte mal etwas genauer ansehen, vielleicht finde ich da etwas Lustiges zum Spielen", ermutigte ich mich und beschloss, die Hütte näher zu untersuchen.

Ich umrundete das Gartenhäuschen. Es war keinesfalls klein, viele Schritte waren nötig. Auf jeder Seite fand sich ein Fenster. In die Rahmen waren Schlangenfiguren geschnitzt. Neugierig öffnete ich die Holztür.

„Glück gehabt!", dachte ich bei mir. Die Türe ließ sich mit einem lauten Knarren aufmachen. Ich betrat den Raum.

Die Hütte sah innen alt und schon ein wenig verkommen aus. Welch ein Gegensatz zum restlichen Prunk des ganzen Schlossparks! Es diente wohl einem Gärtner. An den Holzwänden hingen verschiedenste Gartengeräte. In einer Ecke befanden sich mehrere Säcke Blumenerde und auf einem alten Holztisch standen leere Blumentöpfe und lagen kleine Plastiksäckchen mit verschiedensten Blumensamen darin.

„Naja, auch nicht gerade sehr spannend hier drinnen!", murmelte ich mir zu. Ich bewegte mich in Richtung einer großen Gießkanne und entdeckte dabei am Boden die Umrisse einer geschlossenen, unheimlich wirkenden Falltür. Ich ging bis zum Rand der Türe und ein Knarren verriet mir, dass hier schon oft jemand gestanden war. Wieder fielen mir die zahlreichen Schnitzereien auf. Drachenköpfe und Schlangenfiguren zierten die ganze Fläche. Es wirkte unheimlich! Davon machte ich gleich ein Foto mit meinem Smartphone.

„Das werde ich unter #unheimlich meinen Freunden mit Snapchat schicken, die werden staunen!"

Als ich den letzten Buchstaben „h" drückte, bemerkte ich, dass mir ganz schwindlig wurde. Meine Beine begannen weich zu werden. Ich hörte ein lautes Donnern in meinem Kopf und sah Blitze vor mir aufleuchten. Dichter Nebel stieg auf. Dann schwanden meine Sinne.

Schreien, schlagen, aufspringen, weglaufen, sich in nichts auflösen!

Das waren meine ersten Gedanken, als ich erwachte und in das magere Gesicht eines älteren Jungen blickte.

„Was machst du in meiner Hütte?", knurrte er. Hilflos sah ich mich um und erkannte den Raum voller Gartengeräte. Alles schien unverändert. Erstaunt war ich allerdings über die dahinter stehende weibliche Person, die mir gleich gefiel. Der ältere Bub verließ den Raum, während ich das junge Mädchen ansprach.

„Gibt es hier einen Maskenball?"

„Welch ein unverschämter Junge traut sich so mit einer vornehmen Dame zu sprechen? Was denkt sich dieser verzogene, schlecht gekleidete Flegel eigentlich."

„Hey! Warum schaust du mich so erstaunt an und antwortest so frech? Ich weiß wirklich nicht, warum ihr so angezogen seid! Nicht einmal meine Schwester ignoriert mich so wie du, sag endlich, warum du diesen ausgebauschten Rock anhast!!!"

„Da muss ich wirklich lachen, er glaubt wirklich ich würde für einen Maskenball verkleidet sein? Aber selber trägter blaue Hosen mit Löchern und eine Jacke ohne Knöpfe?! Im Gegensatz zu seiner Kleidung sind hier alle so gut und vornehm angezogen wie ich. Nehmeer sich ein Beispiel! Wer ist er und woher kommt er? Von einem fremden Land?" Die Person lachte dabei aus vollem Herzen.

„Ok, ich heiße Sebastian, bin 12 Jahre alt und wohne in Wien Hietzing. Ich besuche dort die NMS und liebe Pokemon Go und mein Smartphone, und was ist mit dir? Warum sprichst du mich mit −ER- an, ich bin ein DU!"

„Was?! Wien Hietzing? Wo soll das denn sein? Ich kenne mich in Wien wirklich gut aus, aber das habe ich noch nie gehört. Und was ist NMS, Pokemon, Smartphone? Sag mal, ist er auf den Kopf gefallen? Er redet wirres Zeug! Ich kenn ihn ja nicht gut. Also bleib ich vorerst bei dem höflichen −ER-!"

„Und ich bleib bei dem DU! Warum ärgerst du dich, bist du tatsächlich immer so gekleidet?? Ich kenne solche Röcke nur aus Gemälden des vorigen Jahrhunderts. Meine Kleidung trägt so oder so ähnlich jeder Mensch und mit einem Smartphone kann man telefonieren! DAS wirst du ja wohl wissen!"

„Jedes richtige Fräulein MUSS so gekleidet sein. Nur unsere Dienstmädchen tragen solche Lumpen wie du. Telefonieren, da muss ich lachen. So ein Wort hab ich noch nie gehört. Genauso wenig habe ich eben etwas von einem Smartphone gehört. Wenn er glaubt, so schlau zu sein, dann erklär er mir doch mal diese Wörter. Ich bin schon seeeehr gespannt... haha...".

„Dieses Smartphone ist zwar bereits ein Modell aus dem Jahr 2015, aber bewährt, billiger und ich bin sehr zufrieden damit. Meine Eltern zahlen auch den Tarif zum Telefonieren, der beträgt € 15.- pro Monat, da sind aber 1000 Freiminuten inkludiert und auch 5 GB zum Surfen. Toll, findest du nicht auch??"

„Mir reicht's jetzt mit seinen unverständlichen Erklärungen. Zeig er mir dieses Ding doch einfach!"

„Hast du keines? Macht ja nichts, wenn deines schon älter ist, zum Beispiel aus 2010 oder so, dafür brauchst dich nicht zu genieren..."

„Oh mein Gott ist er lästig. Will er also, dass ich ihn nochmal darum bitte? Aber ne-i-i-i-n, nun ist es vorbei mit meiner Geduld und angelernten Höflichkeit. Er weiß wohl wirklich nicht, wen er vor sich hat?!!!"

„Eine Maskenballdame, dachte ich zumindest - aber schau, das ist mein Smartphone. Du darfst es gleich anschauen, wenn du mir sagst, ob dein Smartphone auch aus dem Jahr 2015 ist!"

„Eine Maskenballdame?! Dass ich nicht lache,... er strapaziert meine Geduld wirklich sehr. Was ist eigentlich mit ihm? Andere Buben in seinem Alter behandeln mich wie eine kleine Prinzessin und freuen sich schon darüber, wenn ich sie im Schlossgarten auch einfach nur beim Vorbeigehen höflich zurückgrüße. Aber er,... er redet arrogant und selbstgefällig mit einer der Töchter von Maria Theresia...".

„Maria Theresia???? Geht's dir wirklich gut???"

„Ehrlich gesagt fehlen mir jetzt die Worte und das hat niemand vor ihm geschafft! Er zweifelt an meinen Worten, unerhört!!"

„Dreist bin ich nicht, eher schüchtern. Aber gut, ich will dir glauben und du bist eine der Töchter von Maria Theresia! Und Maria Theresia lebte ungefähr 1700 oder so. Hmmm, ja, welches Jahr schreiben wir denn jetzt?"

„Oh mein Gott —er ist wirklich verrückt!"

„Auch ein Verrückter möchte gerne wissen, welches Jahr wir schreiben...!!"

„1762!!! Frühling 1762 und meine Mutter Maria Theresia ist 45 Jahre alt. Seit mittlerweile 17 Jahren ist sie Kaiserin!!"

„Sieb--zehn--zwei--und--sechzig?! Jetzt muss ich mich setzen. Wahrscheinlich musst du dich auch gleich setzen, wenn ich dir versichere, dass ich im Jahre 2017 lebe, zumindest glaubte ich das bis jetzt immer."

„Schön langsam finde ich ihn schon wieder sympathisch. Wenn man seinen Humor kennt, dann könnte man vielleicht sogar wirklich richtigen Spaß mit ihm haben!"

„Spaß? Gern, aber momentan ist mir nicht nach Spaß zumute! Ich werde dir noch viel aus meiner Zeit erzählen, da wirst du staunen. Aber nun sag doch endlich du zu mir!"

„Ich glaube, wir zwei haben ein richtig großes Kommunikationsproblem!"

Ich blickte zu Boden, rieb mir meinen Kopf, seufzte und gab den Anschein angestrengt nachzudenken.

„Sebastian?! Seine Verlegenheit gefällt mir. Also gut, ich versuche ihn zu duzen. Hat es jetzt dir die Sprache verschlagen?"

„Komm, das kann doch nicht so schwer sein! Du sagst, du lebst als Tochter Maria Theresias im Jahre 1762. Ich behaupte, dass ich im Jahre 2017 lebe. Also gibt's doch nur drei Möglichkeiten: Entweder bist du nicht ganz normal, oder ich bin ein klein wenig verrückt, oder beide haben wir recht und - und - oje! Einer von uns ist durch die Zeit gewandert..."

„Also verrückt bist du so oder so.... Er, nein, du befindest dich im Schlosspark von Schönbrunn, meiner Heimat, eben der Sitz der kaiserlichen Familie. Es ist 1762 und wir befinden uns in dem Gartenhäuschen. Da arbeitet unser Schlossgärtner Prosch Peter. Das sind genug Beweise, dass ich nicht durch die Zeit gewandert bin du Scherzkeks!! Hihi"

„Schlossgärtner? Ah, das ist doch der Mann, den ich zuerst erblickte, gleich nach meinem Erscheinen in dieser Zeit! Dieser Peter sieht eher aus wie ein Hofnarr, klein, gebückt, irgendwie lustig, mit toller Knollennase. Er trägt so schöne Stiefel! Und wer ist das Mädchen neben ihm? Sind das Freunde von dir?"

„Ja, Schlossgärtner. Der Schönbrunnerpark ist riesig und wird von vielen Personen gepflegt. Wir haben auch im Schloss viele Bedienstete. Manchmal auch ganz schön

anstrengend finde ich, weil mich immer irgendwer beobachtet. Meiner Mutter wird über alles berichtet. Oh mein Gott, sicher auch über unsere Unterhaltung hier..."
Ich sah Peter mit der jungen Dame durch die Gartentüre kommen. Sie kamen näher.
„Peter ist 17 und somit schon ein junger Mann. Das Mädchen neben ihm ist Anna, ein Dienstmädchen, wie man an ihrer Kleidung erkennen kann!"
„Anna hat aber ein finsteres und ernstes Gesicht. Hoffentlich ist sie nicht so streng, wie sie aussieht. Sie folgt Peter ja auf Schritt und Tritt. Jetzt sind sie gleich da, stellst du sie mir vor?"
„Nein, Anna ist ein sehr liebes, junges Dienstmädchen. Ich glaube nur, dass sie ein wenig nervös ist. Sie mag Peter sehr gern."
„Danke! Hallo Peter, hallo Anna!"

Es blieb mir nicht verborgen, dass sich Peter leise an Maria Karolina wandte: „Du hast ihm hoffentlich nicht verraten, dass ich eigentlich Hofnarr bin. Die Leute nehmen mich dann nicht mehr so richtig ernst! Welchen Beruf hast du mir gegeben?"
Karolin flüsterte Peter schnell nur ein Wort ins Ohr und zwinkerte ihm zu: "Schlossgärtner."
„Grüße Sie gnädige Dame und den unbekannten Herrn", stotterte Anna ein wenig überrascht vom Anblick des Jungen neben der kaiserlichen Tochter.
Ich bewunderte die auffällige Warze an ihrer linken Wange. Ich würde mir das Ding wegbrennen lassen, aber anscheinend lebte ich ja nun im Jahr 1762, da gab es noch kein Wegbrennen, sondern höchstens ein Beschwören...
„Darf ich euch denn überhaupt mit euren Vornamen nennen. Zu mir dürft ihr Sebastian sagen!"
„Nenn mich Peter, ich bin Schlossgärtner."
Nun blickte er zu Maria Karolina. Ich sah, wie sie fast unbemerkt nickte.
„Da du Maria Karolina kennst, will ich dir ein Geheimnis verraten. Ich bin eigentlich Hofnarr aus Tirol. Zurzeit erfreue ich Kaiserin Maria Theresia mit meinen Scherzen. Ich tarne mich aber bei Fremden als Schlossgärtner. Die Leute nehmen mich sonst nie ernst!"

Ich nickte und blickte zu Anna.

„Es gefreut mich sehr. Sie sind ein Freund von Maria Karolina. Eigentlich spreche ich sonst nicht mit fremden Leuten.Schon gar nicht mit jemandem, den ich noch nie auf dem kaiserlichen Grundstück vorher erblickt habe. Da aber Maria Karolina und Peter „du" zu Ihnen sagen, schließe ich mich an. Sagen Sie also Anna zu mir! Ich bin als Zofe am Hofe!"

Peter ermutigte Anna: „Aber Anna sei doch nicht immer so steif, wenn wir unter uns sind. Die große Höflichkeit verwenden wir nur vor den Erwachsenen und in vornehmer Gesellschaft. Du weißt, dass ich eigentlich auch gerne unkompliziert sein möchte. Geht halt leider nicht immer!"

Die demütige Haltung der Zofe Anna gefiel mir aber und verlieh mir Mut, die schüchterne Anna besonders freundlich anzusprechen: „Zofe Anna, es ist mir ja eine ganz besondere Freude sie kennen zu lernen!"

Das hätte ich mir sparen können.Peter warf mir einen finsteren Blick zu. Anna stand wohl unter seinem Schutz, außer ihm, durfte niemand schöne Worte an Anna richten.

„Ihr kennt euch ja noch gar nicht genau, wie könnt ihr dann sagen, dass es euch eine besondere Freude sei?", kritisierte der Hofnarr meine Worte. Nun blickte ich hilflos zu Maria Karolina.

„Lieber Peter, du bist wohl doch kein Hofnarr. Du hörst dich ja an wie ein Detektiv. Und noch etwas zu dir Anna, man kann auch männliche Freunde haben. Dieses steife Hofdenken bei uns kann ich gar nicht leiden, wie du weißt. Aber abgesehen davon sind Sebastian und ich noch gar keine Freunde. Wir kennen uns auch erst seit kurzer Zeit. Sebastian kommt nämlich aus einer anderen Zeit, dem Jahr.......äh....", als Maria Karolina merkte, was sie da gerade von sich gab, stockte sie bei der Fertigstellung des Satzes.

Dieses Aufbegehren gefiel mir. Zu Hause musste ich auch immer nur brav sein. ´Sebastian mach das, Sebastian lern, Sebastian sei fleißig, Sebastian...´, hieß es ständig. Also auch Kaiserkinder müssen folgen und haben Zwänge, wie bei uns. Was ist denn heute eigentlich anders?

Da erinnerte ich mich an den Sachunterricht. Da lernten wir, dass es in früheren Zeiten noch keine Toiletten gab. Na das konnte ja heiter werden!

Bei diesem Gedanken musste ich innerlich lachen und ich grinste Peter und die anderen an: „Gern wäre ich euer Freund. Ich find euch alle sehr sympathisch. An mir soll`s nicht liegen, ich biete euch meine Freundschaft an - und die reicht über Jahrhunderte. Lieber Peter, liebe Zofe Anna, ich komme nämlich wirklich aus dem Jahr 2017, ob ihr mir das nun glaubt oder nicht. Wenn ihr mir nicht glaubt, dann nehmt es vorerst als lustige Geschichte. Ihr werdet schon langsam hinter mein Geheimnis kommen!"

„Na dann! Willkommen im Jahr 1762!", lachten die drei aus der anderen Zeit.

Maria Karolina glaubte das noch nicht ganz, schien mir. Sie unterstrich ihre Aussage jedenfalls mit einem durchdringenden´Hihihi´. „Auch wenn das nicht stimmt, werde ich einmal mitspielen. Ich nenne es ´Das Spiel des Buben aus der Zukunft´, hihihi."

Ich schwieg und zuckte mit meiner Schulter.

„Also ich hätte gern noch einen Freund. Ich habe nicht so viele, eigentlich nur Peter und Maria Karolina." Anna blickte verschämt zu Boden.

„Wenn Anna Freunde möchte, Sebastian, brauchst du ja nur mehr um die Erlaubnis von unserem verehrten Hofnarren Prosch fragen", sagte Maria Karolina schmunzelnd.

Ich blickte fragend zu Peter.

„Wenn Anna eure Freundschaft möchte, dann sollt ihr bald auch meine haben. Aber erst müsst ihr euch meine Freundschaft verdienen, lieber Sebastian!"

Es schien so, als hätte ich neue Freunde und Freundinnen gewonnen.

„Peter, ich werde dich nicht enttäuschen. Liebe verspielte Tochter der Kaiserin Maria Theresia, es freut mich wirklich, nun eine so berühmte, hübsche, kluge und kämpferische neue Freundin zu haben. Auch mit dir, liebe Zofe Anna, glaube ich einen Freundschaftsbund eingehen zu können. Dann müssen wir ja nur mehr auf besondere Abenteuer warten!"

Maria Karolina schien erfreut zu sein. „Das ist nun das erste Kompliment von dir."

Peter und Anna wollten gehen, aber Peter fügte noch hinzu: „Abenteuer gibt es außerhalb des Schlosses zur Genüge, daran wird es uns nicht fehlen. Ich hoffe, dass du, lieber Sebastian, dem glorreichen Jahr 1762 gewachsen bist. Heute fehlt mir die Zeit, dich weiter auszufragen, wieviel Zeit du denn für deine Zeitreise gebraucht hast und was es in weiterer Zukunft denn so alles gibt... Hahaha, alles glaube ich dir nicht, bei Gott. Und nun sei gegrüßt, neuer Freund unbekannter Zeiten."

Die Beiden gingen aus dem Raum und Maria Karolina rief ihnen nach:

„Anna und Peter wir sehen uns später, ich bleib noch kurz bei Sebastian, denn er muss mir noch ein paar Begriffe aus seiner Zeit erklären. Ich bin wirklich neugierig!" Ich sah an ihrem Blick, dass sie dieses Ding von "Smartphone" sehr interessierte.

„Schau, liebe Maria Karolina. Mit diesem Smartphone konnte ich wirklich telefonieren, äh sprechen, mit anderen Menschen sprechen, ganz egal wo die sind oder wohnen. Hier funktioniert das Ding nicht, hab ich schon probiert. Aber ich zeige dir einmal, wie man Nachrichten tippt."

Ich trat an Maria Karolina heran. Ihr Rock hielt mich auf Distanz, sodass ich meinen Arm strecken musste, um ihr den Smartphone-Bildschirm zu zeigen.

„Das klingt ja verrückt. Mit Menschen aus der Entfernung sprechen?! Wie spannend, ich freu mich. Zeig her Sebastian!! Wie tippt man Nachrichten?"

„Siehst du den weißen Balken? Da tippst du einmal darauf und dann - schau - da unten ist jetzt eine Tastatur. Auf einer Tastatur sind Buchstaben. Ich tippe einmal deinen Namen ein ...und nun kann ich in meiner Zeit alles hier Geschriebene zu einer Freundin, einem Freund schicken."

Maria Karolina staunte. „Was schicken? Wo ist der Text, der Brief? Auf der Poststation müssen wir einen Brief abgeben. Danach fährt unsere Postkutsche den Brief zu dem Empfänger. Schnell, unsere Poststation hier am

Schlossgelände sperrt in einer halben Stunde zu! Tipp ein und dann los!!!!"

„Postkutschen für den Brieftransport! Das erzählte mir schon meine kluge Lieblingslehrerin, Frau Bairic, im Sachunterricht. Da lernten wir über die früheren Zeiten."

Da sah ich das zornige Gesicht Maria Karolinas: „Und, bin ich nicht klug?"

„Ja, doch, auf jeden Fall, sogar noch viel mehr! Nun, äh, für das Verschicken braucht man in meiner Zeit weder Postkutsche, noch Poststation, das geht wie von Geisterhand durch die Luft, Funkwellen sind das, wie die Wellen im Meer bewegt sich das durch die Luft... Mein letzter Eintrag auf dem weißen Balken war übrigens #unheimlich - und jetzt steh ich bei dir...!"

„Also irgendwie klingst du wirklich immer wieder wie ein Verrückter!" Maria Karolina lachte dabei wieder lautstark auf.

„Ich glaube, wenn meine Mutter, die Kaiserin, das jetzt gehört hätte, würde sie dich in den Kerker werfen lassen. Du hast Glück, dass mir hier oft langweilig ist mit all diesen Regeln und der Sittenlehre, denn deshalb hör ich dir noch immer zu. ... Wo tippt man dieses Zeichen #? ... Ah hier, ich seh es. ... Wie nennt man dieses Zeichen? Hab ich noch nie gesehen. Also ich drück hier auf die Zifferntaste und dann noch dieses Zeichen #. Danach hast du „unheimlich" geschrieben. Ich find dich auch wirklich unheimlich hihi.... also jetzt noch u-n-h-e-i-m-l-....... „

„Raute, aber viele sagen dazu auch Hashtag, nein schreib nicht - !!! ..."

„...ich. Zu spät -hihi- du kannst einem wirklich einen Schrecken einjagen..."

Nebel stieg auf und langsam löste sich Maria Karolina auf. Erschrocken beobachtete ich das langsame Verschwinden meiner neuen Freundin. Hilflos musste ich dabei zusehen. Nun war auch meine neue Freundin weg und ich allein! Da erblickte ich auf dem Boden mein Smartphone, sie dürfte es losgelassen haben. Ich steckte es ein. Meine Knie zitterten noch immer vor Aufregung.

Nach kurzem Zögern beschloss ich Peter und Anna zu suchen. Ich hoffte sie im Schlosspark zu finden.

Ich trat aus dem Gartenhäuschen. Dann steuerte ich eine Allee an, eilte ein langes Stück hinein und ließ mich hinter einem Baum nieder.

Diesen Schock musste ich erst einmal verdauen. Wie konnte das passieren? War ich in ein Zeitloch gefallen oder zauberte mich eine Zeitmaschine hierher?

Durch Kinderlachen wurde ich aus meinen Gedanken gerissen. Ich blinzelte hinüber zur Parkstraße, wo sich viele Kinder um eine Frau scharrten. Sofort dachte ich wieder an meine Lieblingslehrerin. Aber diese Frau wirkte nicht wie eine Lehrerin!

Die Person war schon älter und bewegte sich schwerfällig. Trotzdem war ihre Haltung majestätisch und ihr Gang wirkte vornehm. Sie blickte die Kinder kaum an. Das rundliche Gesicht wirkte streng. Ihre Nase und ihre roten Lippen lenkten von einem Doppelkinn ab, das mir erst jetzt auffiel. Sie hatte sogar aufgezeichnete Augenbrauen. Was mir besonders gefiel, waren ihre blonden Haare, die passten gut zu ihren großen, lebhaften blauen Augen.

Diese Frau musste Maria Theresia sein, die Mutter von Maria Karolina!

Da ermahnte sie die Kinder. Sie sollten ihre Stimmen ruhig halten und leise sprechen. Sie dürften im Park nicht schreien oder laut lachen. Die Kleidung schien mir typisch für diese Zeit, so wie sie mir durch meine Lehrerin Bairic im Sachunterricht in der Volksschule geschildert wurde. Sie trug wie die anderen Personen einen bis zum Boden reichenden Rock, indem anscheinend auch ein aufgespannter Regenschirm steckte. Es schien aber bei ihr so, als wäre der Regenschirm zu klein für ihren großen Rock. Da sprach sie laut zu einem der Kinder: „Eure Redeweise ist alles andere als gut, besonders wenn Ihr französisch sprecht. Das ist nicht meine Schuld, wie oft habe ich Euch gepredigt und Euch Wege gewiesen, darin besser vorwärts zu kommen, doch ohne Erfolg. Je weniger Ihr redet, umso besser wird es sein. Denn ich kenne Eure Art zu plaudern und muss Euch in aller Freundschaft sagen, dass sie recht langweilig und mit allen möglichen Phrasen geschmückt ist!" Da fing das Mädchen an zu weinen. Maria Theresia blickte streng auf sie herab und zeigte mit der Hand nach vorne. Augenblicklich wandte sich das Mädchen um und lief den Parkweg weiter.

Je näher ich mich an diese Gruppe von Menschen heranschlich, desto besser gefiel mir die Kaiserin. Sie hatte nämlich ein angenehmes Lächeln und einen offenen und freundlichen, aber bestimmten Gesichtsausdruck, so wie ihre Tochter Maria Karolina. Sie war einfach eine strenge Mutter.

Aber wo war Maria Karolina nur?? Nun versuchte ich alle möglichen #Einträge, vielleicht tauchte meine neue Freundin, Maria Karolina, ja wieder auf. Immer und immer wieder tippte ich völlig verzweifelt alle möglichen Varianten. Dabei vermied ich das Wort #unheimlich, schließlich zauberte es schon zwei Menschen aus der Welt. Ich probierte es also mit #Unheimlich, #unhaimlich, #unaimlich, #ounhaimlich, #uhaimli...

Da vernahm ich plötzlich deutlich die Stimme von Maria Karolina.

„Das wird wohl nichts. Sebastian, ich bin hier!!!"

„Wo bist du, ich sehe dich nicht!"

„Hier bin ich!"

„Hier - wo? Ich sehe nur eine Familie. Ich vermute, dass das die Kaiserin Maria Theresia ist, also deine Mutter. Ich sehe den Schlosspark, Sträucher, Bäume, Wege - aber weit und breit keine Maria Karolina. .."

„Ich stehe direkt neben dir. Siehst du wirklich gar nichts von mir?"

„Es klingt, als wärst du rechts von mir - hier ungefähr - aber ich sehe dich nicht, kann dich auch nicht angreifen, siehst du, was ich jetzt mache?"

„Du greifst gerade durch mich durch...."

„Fühlst du mich wirklich gar nicht, ich mach mal einen Seitenschritt nach rechts!"

„Ach Sebastian, ich komm mir blöd vor. Du bist gerade durch mich durch gegangen! Ich trete jetzt ein paar Schritte zurück. Hallo, ich bin anscheinend unsichtbar. Das ist alles deine Schuld. Dieses blöde Smartphone! Du hast gesagt, mit dem kann man telefonieren, aber nicht Menschen verschwinden lassen!"

„Und, hast du nicht #unheimlich eingetippt, obwohl ich dich warnte!"

„Deine Warnung kam viel zu spät! Du wusstest doch, dass ich so neugierig bin. Das war klar, dass ich das Ausprobieren musste. Bis zu diesem Zeitpunkt, wollte ich dir deine Geschichte glauben, aber überzeugt war ich noch nicht.... jetzt schaut das ein bisschen anders aus..."

„Ich wusste nicht, dass du neugierig bist, woher auch? Jedenfalls nicht mehr als alle Mädchen dieser Welt, aber du bist ja nicht aus meiner Welt..."

„Ich hasse Verallgemeinerungen! Und eins sag ich dir auch gleich, ich bin Prinzessin Maria Karolina, kaiserliche Tochter von Maria Theresia, aber keiner braucht glauben, dass er mich mit falschem Getue als Freundin haben kann. Falsche Leute mag ich nämlich gar nicht. Mir ist es lieber man ist ehrlich und direkt. Und deshalb merk dir eins, ich bin nicht wie ALLE MÄDCHEN DIESER WELT, ich bin ein Unikat!!!"

„Wie die Mädchen in meiner Schulklasse - majestätisch und zickig.... Aber ich kann dich ja gut leiden, ganz ehrlich, und was sollte ich ohne meiner MM, äh, Maria-Majestät auch tun? Da kommen übrigens deine Schwestern und Mutter Kaiserin auf meinen Platz zu. Warum tragen die alle so bunte Schirmchen? Vielleicht ist doch Karneval und - sag mal, was sieht meine unsichtbare Maria Karolina eigentlich? Alles was ich sehe oder noch anderes oder weniger??? Eigentlich alles unvorstellbar, ich tippe nochmals einige #, vielleicht kommst du zurück. Wo stehst du denn gerade herum?"

„Ja probier mal aus. Ich hoffe, du schaffst es! Ich will meinen Körper zurück! Ich frage mich, was meine Mutter glaubt, wo ich wohl bin. Die vermisst mich sicher schon. Die Schirmchen helfen, dass die Sonne unsere Haut nicht bräunt, sie schützen unsere weiße Haut. Eines unserer Schönheitsideale ist eine schöne, weiße Haut. Nur die Arbeiterschichten haben eine gebräunte Haut. Ich sehe alles was du auch siehst Sebastian. Siehst du die majestätische Haltung meiner Mutter und ihren vornehmen Gang? Und schau dir die schönen Kleider meiner Schwestern an, vor allem Maria Antonia trägt immer so schöne Kleidchen mit Rüschen und Spitzen. Ich möchte auch wieder mein Kleidchen angreifen können.... Bitte hilf mir!"

„Maria Karolina wie kannst du solch blasse Haut nur schön finden? Braungebrannt ist für mich schön. Und diese schönen Kleidchen scheinen mir sehr eng um die Taille..."

Ich tippte inzwischen noch ein paar ###, leider ohne Erfolg.

„Sebastian, die weiße Haut steht für den Adel, man muss eben keine dreckige Arbeit verrichten, bei der Haut braun werden könnte. Ehrlich gesagt, ist das aber einfach wieder eine Regel, die ich meiner Mutter zu Liebe befolge. Mir ist es völlig egal, ob jemand braune oder weiße Haut hat. Mir gefällt deine gebräunte Haut zum Beispiel sehr gut.
Unsere Kleider sind wirklich sehr eng, ich bekomme beim Herumtollen und Auf-die-Bäume-klettern kaum Luft. Aber meine Mutter möchte sowieso nicht, dass ich als Mädchen solche Buben-Sachen mache. Deshalb schleich ich mich oft geheim aus dem Schloss und die Zofe Anna sucht dann für mein Fernbleiben Ausreden bei meiner Mutter."

„Jetzt sind deine Geschwister und Mutter Kaiserin schon ganz nahe. Welche ist denn deine Lieblingsschwester, das sind ja insgesamt eine ganze Menge Kinder?!"
„Ja, wir sind 16 Kinder. Meine Lieblingsschwester Maria Antonia ist die letzte Tochter und das 15. Kind. Sie wurde 1755 geboren und ist somit jetzt 7 Jahre alt. Ich bin ihr großes Vorbild und sie lässt mich kaum aus den Augen. Oft sehr anstrengend, meine geheimen Ausflüge vor meiner kleinen Schwester geheim zu halten."
Ich fiel Maria Karolina ins Wort: „Deine Mutter hat mich entdeckt. Wie begrüßt man eine Kaiserin, soll ich mich auf den Boden werfen, miauen oder bellen - äh das war ein Scherz..."

Maria Karolina überhörte meinen Einwurf und sprach indessen unbeirrt weiter: „Du erkennst sie schnell, denn sie ist bei uns das unruhigste Mädchen und mag die Pflichtaufgaben wie Schule gar nicht. Aber ich lieb sie so sehr, denn sie ist aufgeweckt und immer fröhlich. Siehst du das Mädchen mit dem rosa Kleidchen, der weißen Perücke mit dem rosa Schleifchen drauf und den übertrieben geschminkten rosa Wangen? Und da hält sie auch ihre geliebte gelb gekleidete Puppe im Arm! Jetzt lacht sie gerade sehr laut und mit weit aufgerissenem Mündchen- schau schnell!!!"

Noch einmal bemerkte ich aufgeregt: „Maria Karolina, was soll ich tun, wie sprech ich sie an?"
„Sebastian!!!! Reiß dich zusammen!! Du sprichst mit der Kaiserin so wie du mit deinen Eltern auch redest. Höflich, respektvoll und eben nicht in der DU- Form anreden. Nur die 3. Person verwenden, aber das musst du doch wissen."

„Hallo Mam, was geht ab? So etwa? Ok, war wieder ein Scherz, ich weiß wirklich aus dem Sachunterricht ungefähr, wie man in deinen Kreisen spricht. Endlich ergibt Sachunterricht einen Sinn. Ich hoffe, ich enttäusche dich nicht..."
„Na dann bleib höflich, meine Familie ist sittenstreng aber sehr liebevoll."

Die Kaiserin hatte mich erreicht und sprach in einem freundlichen aber bestimmten Ton:
   „Junger Mann, was macht er hier alleine in meinem Garten und warum starrt er seit geraumer Zeit meine Mädchen an?"
„Hallo. Ich bin Sebastian und kam wegen meines Smartphones aus einer anderen Zeit. Wer bist du?" Verdammt, warum konnte ich meinen Mund nicht halten. Wie sollte ich einer Kaiserin aus dem Jahre 1762 erklären, was ein

Smartphone ist – und das mit dem Zeitsprung würde sie mir ohnehin nie glauben!

Die Dame bekam einen etwas erbosten Gesichtsausdruck und kommentierte meine Informationen forsch, zum Glück passte sie diese in ihr Weltbild ein:
„Er sagt zu mir nicht „du", sondern „eure Majestät" oder er verwende die Höflichkeitsformen. Er hat nur sein „smart Home"? Kommt er aus englischen Landen, dort tickt die Zeit tatsächlich ein bisschen anders! Es freut mich zu hören, dass er ein smartes Home, ein feines Zuhause hat! Des Weiteren wäre es aber gut für ihn, wenn er die Schule öfter besuchte, damit er nicht auf so blöde Gedanken in meinem Park kommen möge."

„Eure Majestät, Mutter, er kann doch mit ins Schloss kommen?", bat das hübsche Mädchen mit dem rosa Kleid, das neben ihr stand.
„Maria-Antonia, es ist löblich von dir, dich um das Volk kümmern zu wollen, doch ich habe mit euch genug zu tun und wir müssen uns nun auf den Weg zurück machen. Die nächsten Unterrichtsstunden folgen."

Maria Theresia nickte mir zu und beschäftigte sich wieder mit ihren Kindern. Die Gruppe von Personen machte kehrt und schlenderte zurück in Richtung des Schlosses. Es handelte sich also bei dieser älteren Dame tatsächlich um Maria Theresia und ihre Kinder. Alle nannten sie Mutter, meine Majestät. Wie kann man so viele Kinder auf die Welt bringen und dann auch noch erziehen? Eine seltsame Zeit ist das.

Inzwischen war Maria Karolina damit beschäftigt, wie sie wieder sichtbar werden könnte und sprach:
„SSSSebaaaastian!!! Se-ba-sti-aaaan!!!! Sprich mit mir! Was ist wenn ich für immer ohne Körper unsichtbar bleibe?!" Keine Antwort ihres Freundes.
„Ich seh Sebastian, das Gespräch mit meiner Mutter ist vorbei. Sie machten kehrt und gehen zurück. Sebastian steht ganz verloren im Park. Aber er antwortet mir nicht. Hört er mich nicht mehr? Nur er ist Schuld und ich bin

nun verloren in einer mir unbekannten Welt", dachte Maria Karolina.

Jetzt musste ich die Geschichte wohl wirklich glauben. Ich war im Jahre 1765 gelandet, wie immer das auch ging, hatte eine Tochter der Kaiserin zur neuen Freundin und sprach mit der KAISERIN. Außerdem sah ich Marie Antoinette, Maria-Antonia mit eigenen Augen.
„Marie Antoinette!", sprach ich dabei laut vor mich hin.
Aus dem Sachunterricht ist mir in Erinnerung geblieben, dass Maria Antonia mit dem französischen Kaiser verheiratet wird. Sie wird hingerichtet.
Sollte ich jemals zurückkommen, wird mir das sicher niemand glauben. Da schrie mir meine neue Freundin gewaltig ins Ohr.
Maria Karolina beugte sich nun ganz nah zu Sebastian und begann immer lauter in sein Ohr zu rufen: „Sebastian, Sebastian, SEBASTIAN, SEBASTIAN..."
Das riss mich aus meinen Gedanken und ich rief:
„Schrei nicht so! - Bitte tritt einen Schritt zurück, mein Kopf dröhnt!"

„Na endlich!!! Was fällt dir eigentlich ein mich einfach zu ignorieren?! Schau, dass du eine Lösung findest und bemitleide dich nicht dauernd selber. Ja, du bist im Jahr 1762, aber du bist zumindest nicht unsichtbar, hallelujah!- UND meine Schwester heißt Maria Antonia und nicht: Marie-Antoinette!!!!! Merk dir das!!"

Ich schaute beleidigt in die Luft.

„Halloooo- was soll dieser leidende Blick?! Ich dachte, wir seien nun Freunde. Lass mich nicht alleine!Hast du bei deinem Smartphone schon alles ausprobiert? Wir sollten wirklich bald eine Lösung finden, denn zurück im Schloss wird meine Mutter die Kaiserin unsere Zofe Anna irgendwann fragen, wo ich denn so lange bleibe. Über diesen langen Zeitraum hilft jetzt nicht einmal mehr eine gute Ausrede von Anna."

„Deine Mutter wird dich vermissen. Dann wird sie an

mich denken. Schließlich bin ich ihr unbekannt. Ich bin die einzige fremde Person im Schloss und bin ihr beim Familienspaziergang begegnet. Sie wird mich fragen, ob ich ihre Tochter Maria Karolina beim Spaziergang gesehen habe."

„Ja, meine Mutter ist die Kaiserin, sie hat sehr viel Macht. Und da du der einzige Unbekannte am Hofe bist und Prosch Peter in der Zwischenzeit meiner Mutter sicher etwas von einem „unbekannten Jungen im Schlosspark" erzählt hat, wird sie dich nicht nur befragen, sondern eher sogar verdächtigen."

„Peter muss ihr doch gar nichts mehr sagen!Ich sprach mit deiner Mutter doch schon selbst, eben im Schlosspark! Du musst unbedingt zu mir halten, auch wenn du unsichtbar bleiben solltest. Ich werde dafür alles Mögliche versuchen, um dich wieder sichtbar zu machen. Wäre mir ja auch viel lieber, wenn ich in dein freundliches Gesicht blicken könnte - deine Stimme allein kann mir aber eine große Hilfe am Hofe sein. Also ich schwöre dir meine Treue und werde alles tun, um dich wieder sichtbar werden zu lassen, versprochen!"

„Hoffentlich! Danke mein Freund, diese Worte machen mir Hoffnung. Dann werden wir ab jetzt wirklich zusammenhalten und ich schwöre dir, dass ich dir in Zukunft alles glauben und dir immer zur Seite stehen werde. Hoffentlich auch bald wieder als sichtbare Maria Karolina."

Kaum eine Stunde später traf ich Anna, die mich im Auftrag der Kaiserin schon verzweifelt gesucht hatte.
„Du sollst ins Schloss kommen, schnell! Die Kaiserin vermisst ihre Töchter Maria-Antonia und Maria Karolina. Ich glaube, dass sie dich verdächtigt!"

Ich war völlig verschüchtert, als ich durch die kaiserlichen Prunkräume in Schönbrunn schritt und die vielen Eindrücke zu ordnen versuchte: Riesige Gemälde, vergoldete Figuren, glänzende Holzböden aus edlen Materialien, stumme, ernst blickende Diener, riesige Türen…
Wenn nur Maria Karolina da wäre. Seit einer Stunde hör-

te ich nichts mehr von ihr. Im Treppenhaus drückte ich daher nochmals alle möglichen Tastenkombinationen in der Hoffnung, dass Maria Karolina auftaucht.
Da hörte ich endlich wieder ihre Stimme. Ohne Nachzudenken tippte ich #unheim ins Smartphone und sprach: „Muss ich deine Mutter im Schloss anders begrüßen als im Park?"

„Die Verbeugung hatten wir noch nicht!"
Ich machte eine tiefe Verbeugung, während ich meine Hände an meinen Körper und Rücken verkrampft drückte. Ich schaute dabei so ernst wie möglich und - verlor meinen Halt: „Verdammt, vielleicht sollte ich mich nicht so tief verbeugen?"
„Und lass dich nicht irritieren von der Anrede meiner Mutter dir gegenüber, sie wird etwas in folgender Art zu dir sagen: ´Richte ER sich auf und beantworte mir folgende Fragen´. Ein Adeliger redet einen niedriger gestellten Mann mit ER an und eine Frau mit SIE!"
„Was sage ich zu ihr?"
„Gar nichts. Du gehst nur auf die Fragen meiner Mutter ein. Sie leitet das Gespräch. Du musst einfach alles beantworten, darfst ihr aber niemals ins Wort fallen."
„Sprichst du auch so mit deiner Mutter?"
„Natürlich, nur halt in Französisch. Diese Sprache bevorzugt meine Mutter bei uns. Wie schon gesagt, meine Mutter ist im Vergleich zu anderen adeligen Müttern sehr lieblich und oft sogar zu überfürsorglich. Das nervt mich manchmal. Sie macht selbstständig unseren täglichen Schulungsplan, diese Aufgabe vertraut sie keinen Angestellten an. Das beinhaltet Dinge wie Tanzstunden, Theateraufführungen, Malen, Geschichte, Rechtschreibung, Staatskunde, ein wenig Mathematik und eben auch das Lernen von Fremdsprachen. Und zusätzlich werden wir Mädchen in Konversationslehre und leider auch in Handarbeit ausgebildet. Ich sehe ja alles ein, aber Handarbeit- echt jetzt?! Warum?! Ich habe Angestellte, die können das viel besser für mich erledigen. Warum MÜSSEN Mädchen Handarbeiten? Ich sehe das nicht ein!!! Warum Buben nicht?! Wie ist das in deiner Zeit Sebastian?"

„Ich staune, dein Lernprogramm ist ja ausführlich. In meiner Zeit sagt man, dass Kaiserin Maria Theresia, deine Mutter, das Schulsystem eingeführt habe - das finden nicht alle Kinder cool - äh - gut. In der Volksschule lernen wir Handarbeiten und basteln einfache Werkstücke."
So und jetzt noch das „lich" zu „#unheim" dazu tippen, vielleicht wirst du ja dann wieder sichtbar!"

Die letzte Bemerkung war noch nicht zu Ende gesprochen, als sich das Treppenhaus für mich in eine dicht verwachsene Dschungelwelt veränderte.

„Kannst du das auch sehen, Maria Karolina?", flüsterte ich.
„Ich stehe direkt neben dir und um uns herum ist dichter Blätterwald!"
Zu unserem Erstaunen schwebten über einem kleineren Gewächs links von uns drei weibliche, muskulöse Wesen, bewaffnet mit Speer, Schild und Bogen, in knallig orange Gewänder gekleidet.
„Ich kann dich nicht sehen. Wir beide in einem neuen gemeinsamen Raum. Schau, da sind drei weibliche Wesen - so etwas Fremdartiges sah ich noch nie...!"
„Sebastian, ich traue meinen Augen nicht. Ich sehe genau das Gleiche und mein ganzer Körper kribbelt. Wo sind wir- Parallelwelt? Was ist hier los? Wo sind wir? Was wollen diese weiblichen Wesen von uns?!"

Da klagten die drei Wesen im Chor:
„Nirwanas Nirgendland habt ihr betreten
und so verstoßen gegen das Gesetz von Raum und Zeit!
Ihr habt gebrochen Zeit und Sicht, und unser ruhiges Schaffen umgeworfen!
Darum sollt ihr ewig hier in unserm Nirgenddschungelland verweilen!
Nirwanerinnen stört man nicht!"

Währenddessen fragte Maria Theresia ihre Diener ungeduldig:
„Habt ihr nicht schon Sebastian auf der Treppe gesehen? Wie lange soll ich denn noch warten?"

„Eure Majestät, wir sahen ihn am Weg, doch um die Treppenkurve kam er nicht!?"

„Was soll das heißen? Er kann sich doch nicht in Luft aufgelöst haben? Sucht nach ihm, lange warte ich nicht mehr!"

Streng blickten mich die drei Wesen an.

Ich wurde blass, als ich Maria Karolina ansprach: „Jetzt bin ich also in einen Dschungelraum gesprungen und du mit mir!"

„Leider sind wir nicht im selben Raum, sonst könnten wir uns doch sehen!"

„Was siehst du eigentlich?"

„Ich bin immer noch in einem Dschungel, ich sehe dich immer noch nicht, wohl aber höre ich dich immer sehr gut!"

„Wenn diese Zauberei wirklich anhält und die Nirwane-rinnen Recht behalten, dann sind wir in alle Ewigkeiten hier eingesperrt!"

Bei diesem Gedanken dachte ich an meine Eltern, meine Schwester Sabine, schließlich auch an die neuen Freun-de – Maria Karolina, Peter und Anna. Da brach es aus mir heraus, es war einfach zu viel für mich.

Schluchzend und heulend fiel ich auf meine Knie und jammerte leise vor mich hin.

Es dauerte nicht lange und ich hörte Maria Karolina. Auch sie bedauerte ihr Alleinsein, die Aussicht, nie mehr wieder eine ihrer lieben Schwestern und ihre majestäti-schen Eltern treffen zu können, mit ihnen sprechen zu dürfen. Sie fiel in mein Heulen ein. Wir waren verzwei-felt. Der Zustand dauerte für uns eine gefühlte Ewigkeit.

„Dies Weinen, Klagen und Verzweifeln
kann ich nur schwer ertragen.
Ich, Hesia, bewahre hier seit ew´gen Zeiten in Nirwanas Nirgendland,
die Altnirwanafee werd ich genannt,
erst altbewährte Ordnung macht das Leben schön!
Drum hör ich im Nirwanaland nicht gern von Leid und Einsamkeit!

So hört mir zu, ich werd euch helfen,
zu entkommen aus Nirwanaland!

Doch müsst ihr erst ein Wörter-Rätsel lösen,
ein Rätsel, das euch helfen wird, den Raum hier zu verlassen.
Löst ihr dieses Rätsel, so habt ihr eine Zahl zur Hand,
sie soll im Buch des Lebens eure nächste Seite sein,
auf der erzählt wird dann von euren weitren Taten.

Nun gebt gut Acht, hier euer Rätsel:
Fachausdrücke sollst du finden,
wie heißt das Zeitwort und das Hauptwort in Latein?
Doch gebt gut Acht, zwei Wörter wirst du für das Hauptwort finden.
Eigenschaftswort, Fürwort und Begleiter sucht ihr dann
danach.
6 Fachausdrücke habt ihr nun zur Hand,
Buchstaben aller dieser Wörter sollt ihr zählen
und vom Ergebnis nehmt ihr weg die aktuelle Zauberzahl
34.

Wie ich schon sagte:
Die Zahl ist das Kapitel, das im Buch des Lebens nun
von euren weitren Taten wird erzählen– doch:

Sprecht laut den Zauberspruch,
den ich jetzt sprechen werde,
wenn ihr im Buch des Lebens nach dem neuen Abschnitt
sucht:

**Raum zu Raum und Zeit zu Zeit und Sicht zu Sicht,
nur wer das Rätsel löst,
den Zauber bricht."**

2: Spannender Verdacht

„Schön dich wieder zu sehen!", rief Peter lachend und umarmte Anna.

„Du kannst sie wieder loslassen!", meinte Maria Karolina erheitert. „Sie bleibt dir schon noch länger erhalten, hihihi!"

Da musste auch ich lachen und schließlich kicherten wir alle vier vor uns hin. Ist das Lachen einmal in Gang gesetzt, lässt es sich nicht mehr so leicht stoppen. Jedes Mal, wenn einer der Vier aus der Zeitsprungdetektei die anderen ansah, wurde eine neue Lachrunde eröffnet. So kamen wir gut gelaunt im Schönbrunnergarten an und vereinbarten beim Abschied, uns Morgen in aller Früh im Gartenhäuschen zu treffen.

Ich zögerte mit meiner Antwort: „Was ist denn –in aller Früh-?"

„Ach ja, du bist ja zeitversetzt unreif!" Wieder mussten alle lachen, ich antwortete nur kurz: „Ja, und, was jetzt?"

„In aller Früh meint den Sonnenaufgang, wenn die Hähne krähen und die ersten Sonnenstrahlen unser Gesicht wärmen – also dann bei uns im Gartenhäuschen!"

Die zweiten Sonnenstrahlen fielen wohl schon auf die noch matten Körper der VIER, als wir uns auf den Fußmarsch Richtung Klosterschule begaben. Peter und Anna schätzten, dass sie dafür ca. eine Stunde brauchen würden. Maria Karolina zeigte stolz einen Beutel mit Köstlichkeiten, die ihre Majestät-Mutter-Dienerinnen für sie hergerichtet hatten. Damit sollten wir den Tag über versorgt sein.

Und endlich, als wir in eine kleine Seitengasse einbogen, erblickten wir am Ende der Gasse ein stattliches Gebäude – die Klosterschule. Eben wurden die Tore geschlossen, der letzte Schüler wurde kurz davor noch eingelassen.

„Eigentlich wohnen und leben die meisten der Zöglinge in der Schule, nur einige Kinder aus privilegiertem Haus dürfen auch zu Hause schlafen", erklärte Maria Karolina.

„Wir gehen am besten durch das Tor nebenan, das führt in einen Garten", schlug Peter vor.

„Wir sollten die Fähigkeiten der „blind Sehenden" verwenden!", sprach ich mit Nachdruck die Freunde an. Peter und Maria Karolina lehnten ein Blindwerden aber vehement ab. Nur Anna war nach kurzem Zögern wieder damit einverstanden und blickte Peter augenzwinkernd an, als sie ihn ansprach: „Ich machs wieder, aber nur, wenn du wieder gut auf mich aufpasst, lieber Peter!" Peter fühlte sich in seinem Beschützerinstinkt wohl und nickte sofort heftig zustimmend. Also nutzten wir erneut den #unsichtbar, um Anna „blind sehend" zu machen.

Peter hielt wie versprochen den Arm Annas, um sie wieder um Hindernisse zu führen. Dies wäre ja eigentlich nicht nötig, aber würde sie jemand beim Durchschreiten fester Gegenstände beobachten, hätte dies schnell den Verdacht der Hexerei ausgelöst.

Peter schlich mit ihr gleich hinter mir und Maria Karolina her. Auf der rechten Seite sahen wir ein kleines Seitentor in den Klostergarten. Leise öffneten die VIER die zum Glück unverschlossene Tür der Jesuitenschule. Wir betraten einen rechteckigen Klostergarten mit wunderschönen Blumen und Gräsern. Nun blickten wir Sprungnasenaufmerksam zu den vielen Fensterreihen hinauf. Niemand erschien an den Fenstern. So gelangten wir zu einer Innentür, die geöffnet werden konnte, und befanden uns in der großen Eingangshalle.

Dort erblickten die VIER das folgende Schild:

Die Schulzeit dauert 6 Jahre mit 4 Stunden Unterricht pro Tag. Zur Erntezeit sind Kinder frei zu stellen.
Für die Hauptschulen werden dreierlei Hauptgegenstände (§5) unterrichtet, und zwar:

A. Die Religion und deren Geschichte nebst der Sittenlehre, aus dem Lesebuche.

B. Das Kennen von Buchstaben, Buchstabieren und Lesen geschriebener und gedruckter Sachen, die Kurrentschrift, von der Rechenkunst die Zahlen und die vier Grundrechnungsarten und die einfache Regel einer Schlussrechnung.

C. Die für das Landvolk gehörige Anleitung zur Recht-schaffenheit und zur Wirtschaft, etwas Geschichte und Erdbetrachtung, auch Mechanik.

Während ich das Schild vorlas, warnte uns Anna. Sie er-blickte gelbe kurze Hosen, die sich auf uns zu bewegten. Anna flüsterte uns zu, dass ein Pater den langen Gang entlang kam, offensichtlich trug er gelbe Unterwäsche. Wir blickten ums Eck und sahen ihn.

Peter konnte sich mit Anna noch rechtzeitig in einer Nische hinter einer riesigen Büste verstecken. Ich woll-te Maria Karolina schützen und trat dem Klosterbruder ums Gangeck mutig einen Schritt entgegen, während Maria Karolina zurückblieb. Ich wurde vom Geistlichen sofort entdeckt.

„Was willst du hier, wie bist du hier herein gekommen?", rief er mir zu.

Ich bereute meinen Mut und blickte ums Eck zu Maria Karolina: „Was machen wir bloß, Maria Karolina? In Pe-ters Versteck ist kein Platz mehr, außerdem würden wir die Beiden dann verraten! Wir können uns doch nicht in Luft auflösen!"

„Ich schon!", schrie darauf Maria Karolina. Sie entriss mir das Smartphone, tippte #unheimlich und wurde samt Smartphone unsichtbar. Der Pater erreichte mich inzwi-schen und ergriff mich mit fester Hand. Ich wehrte mich mit Händen und Füßen gegen das Festhalten.

„Mit wem hast du gesprochen?", wollte er wissen und blickte ums Eck.

Ich wollte ruhig bleiben, suchte angestrengt nach einer Ausrede. Das gelang mir jedoch nicht sehr gut: „Äh, ja, also, da war..."

„Heraus mit der Wahrheit, wer ist noch bei dir?"

Da hüpfte eine Taube durch ein offenes Fenster und flat-terte gurrend in den Gang. „Ich sprach mit der Taube!", erwiderte ich nun mit fester Stimme.

„Ganz glaube ich dir noch nicht. In letzter Zeit gab es in der Umgebung schon mehrere Einbrüche. Vielleicht bist du ja einer dieser Diebe und kundschaftest nun die Schu-le nach brauchbaren Wertgegenständen aus!"

„Nein, sicher nicht. Ich mach so was nicht, ganz sicher!"

„Das werden wir noch sehen. Du wirst jedenfalls einmal eingesperrt und von mir verhört. Auch schicke ich dich später noch zur Polizei. Sollen die sich darum kümmern."

Der Geistliche zerrte mich zu einer Türe, die sich in der Mitte des Ganges befand. Er schubste mich in das kleine Zimmer, in dem sich außer einem einfachen Bett, einem kleinen Tisch nur noch zwei Holzstühle befanden. Durch ein winziges Fenster fielen mächtige Sonnenstrahlen, die den herannahenden Mittag verkündeten.

Der Pfarrer verhörte mich, er wollte unbedingt wissen, wo meine Diebes-Freunde wären. Da ich mich standhaft weigerte und schließlich auf keine Frage mehr antwortete, verließ der Geistliche den Raum mit den Worten:

„Warte nur Freundchen, dir wird das Schweigen schon noch vergehen. Ich gehe jetzt zum Mittagsgebet und du bleibst eingesperrt. Hunger und Einsamkeit sind die Freunde der Redseligkeit. Du wirst schon sehen und sprechen, ich habe Zeit!"
Dann verließ er den Raum, ich hörte den Schlüssel im Schloss dreimal drehen. Während ich nun untätig im Raum gefangen war, schienen meine Freunde überaus aktiv. Die drei berichteten mir später ausführlich darüber, noch aber war ich voll Sorge um sie.

Ich saß eingesperrt verzweifelt auf dem Bett des kleinen Zimmers und erblickte erst jetzt die an der Wand befestigte mehrsprachige Lehrtafel zum Thema „fortbewegen".

„Wenn du die Tafel auswendig gelernt hast, sprichst du vielleicht mit mir!"
Ich war hoch erfreut die liebe Stimme meiner Partnerin zu hören.
„Vielleicht geht's auch ohne auswendig lernen! Wie komme ich da nur wieder raus?"
„Sebastian, beruhig dich. Jetzt bin ich ja da, wir finden einen Weg. Aber sei leise, denn der Pater ist in der Nähe."

„Das Zimmer kenn ich inzwischen auswendig. Die schöne Schautafel wird die Kinder aber freuen, „ziehen, schieben, fahren" steht da drauf, in verschiedenen Sprachen. Wie soll ich denn, verdammt noch mal, da je wieder rauskommen? Dich sieht ja keiner und keine und keines. Und der Klosterbruder glaubt nur an Gott, nicht an mich."
„Denk nach. Deine negativen Gedanken bringen uns auf jeden Fall nichts. Ich überlege..."

Von draußen hörten die beiden immer wieder Schritte und diese Angst gehört zu werden, brachte Maria Karolina auf die erlösende Idee.

„Jedenfalls erscheinst du mir so unsichtbar wie ein Engel, MEIN Engel."

„Sebastian, ich weiß es jetzt. Folgende Vorgehensweise.... sehr lieb von dir, aber für romantische Sprüche hab ich nun wirklich keinen Nerv. Was ist los mit dir. Halt dich jetzt strickt an folgenden Plan, ok?!"

„Ja mein Engelchen. Sprichst du noch mit mir? Vielleicht sollt ich beten?"

„Grrrrr... warum will ich dich überhaupt hier rausholen? ALSO: Du sprichst mit mir ganz laut, wenn wir wieder Schritte hören. Aber spar dir das Engelchen. Wenn der Klosterbruder dann kommt und dich fragt, mit wem du sprichst, dann erklär ihm mit einem Engel. Ist ja anscheinend gar nicht gelogen."

„Bah, jetzt bin ich baff. Das ist DIE Idee. Hmmm, könnte von mir sein. Ich glaub ich hör was, er wird gleich herein kommen. Aber wie können wir ihm beweisen, dass ich über Engelsmächte verfüge?"

„... Weiters erklärst du ihm, dass du auch durch Wände sehen kannst. Der Gläubige wird dir vorerst zwar nicht glauben, nach deinem Beharren aber trotzdem auf einen Versuch, es ihm zu beweisen, eingehen. Die meisten gläubigen Menschen glauben an Dinge, die man nicht unbedingt alle sehen oder beweisen kann. Anschließend schlägst du ihm für den Versuch vor, dass er mit einem seiner Klosterbrüder in einem Nebenzimmer über das weitere Vorgehen sprechen soll. Ich werde ihn unbemerkt zu seinem Gespräch begleiten und es aushorchen. Dann eile ich schnell zu dir und berichte dir das Gehörte. Wenn der Bruder zu dir zurückkommt, erzähl ihm davon. Dieser wird so erstaunt sein, eventuell glauben, dass du ein Dämon bist, Angst vor deinen Drohungen bekommen und dich laufen lassen!"

Da betrat der Klosterbruder den Raum: „Hast du Durst, mein Sohn?"

„Ich bin nicht Ihr Sohn und Durst habe ich auch nicht, denn ich werde von Engeln umsorgt."

„Was glaubst du, wer du bist. Wie sprichst du mit mir?"

„Ja, Entschuldigung. Sie hörten mich vorhin sprechen. Ich spreche mit Engeln, wissen Sie." Ich bemerkte die gerunzelte Stirn des Paters, der würde mir nicht glauben. Ich wagte noch einen Versuch, indem ich sprach: „Ich habe wirklich zu Engeln Kontakt, glauben Sie mir doch. Wollen Sie das nicht testen, der Engel wird jedes Gespräch, das Sie führen, mir erzählen!"

„Dann bist du des Teufels!"

Ich schaute hilfesuchend in die Luft und sehnte mich nach Maria Karolina. „Was mache ich jetzt, mein lieber, treuer Engel? Flüstere mir doch die Teufelsantwort!" Der Pater schaute verdutzt, als Sebastian sich vorlehnte und lauschte.

Maria Karolina flüsterte mit einer Engelsstimme zu ihrem Freund: „Lieber Sebastian, hier spricht dein treuer Engel Mariella. Es ist schade, dass dir der liebe, gläubige Pater nicht glaubt und die unmittelbare Nähe Gottes verspottet."

Ich blickte den Pater entschlossen an und antwortete mit fester Stimme: „Wie können Sie die unmittelbare Nähe Gottes verleugnen. Mein Engel ist wirklich ungeduldig mit Ihnen!"

Der Pater schien nachzudenken.

„Aber horcht, jeder bekommt mehrere Chancen von Gott ihn anzunehmen. Deshalb mein lieber Jüngling Sebastian, hilf dem Pater, die Anwesenheit Gottes zu spüren und als die reine Wahrheit annehmen zu können."

Der Gläubige hörte eine Flüsterstimme aus dem Nichts, war nun zutiefst verunsichert, umfasste sein Kreuz und blickte abwartend zu Sebastian.

„Sie sollen noch eine Chance bekommen, haben Sie den Mut und lassen Sie die Engel wirken. Gehen Sie zu einem Klosterbruder und besprechen Sie eine mir nicht bekannte Sache. Der Engel wird für mich mithören, mir berichten und dann werden Sie mir glauben." Der Klosterbruder zögerte noch einen Moment, dann sprach er: „Gut mein Sohn. Ich will's versuchen. Da aber jetzt alle in der Messe sind, werde ich in der Küche die Dienstmagd sprechen. Du sollst mir dann berichten, was ich mit ihr sprach."

„Aber mein Engel möchte, dass ich dann frei gehen kann, sonst würde er..." Ich beugte mich wieder vor und lauschte nach Engelsstimmen. Das vernahm auch der Pater, den Inhalt konnte er nicht wahrnehmen.

„...Wenn sie meinen treuen Jüngling nach diesem Beweis gehen lassen, dann akzeptieren und respektieren Sie die Existenz Gottes. Alle Zweifel werde ich Ihnen vergeben. Wenn Sie sich aber nicht daran halten, wird wohl oder übel Unheil auf Sie und das Kloster einfallen, denn wer die Existenz Gottes leugnet, dem wird Unglück ins Haus kommen."

Ich wiederholte laut und deutlich die mahnenden Worte des Engels Maria Karolina. Der Pater bekreuzigte sich.

Er willigte nun völlig verwirrt und gehorsam ein und machte sich auf den Weg in die Küche. Maria Karolina folgte ihm unauffällig, während ich im Raum zurückblieb. Siegessicher kam Pater Benedikt nach einiger Zeit dicht gefolgt von der unsichtbaren Maria Karolina zurück in Sebastians Gefängnis.

Maria Karolina überholte den Pater am Gang. „Sebastian, der Pater sprach mit Raphaela, so heißt die Dienstmagd, über Hexerei. Sie wäre wohl fast auf dem Scheiterhaufen gelandet, wenn sie der Pater Benediktus nicht davor bewahrt hätte. Sie musste es ihm in seinen Worten „mit ihrer Zuneigung" danken. Was auch immer das heißen mag, ich mag's mir gar nicht ausmalen."

Der Pater betrat das Zimmer, schloss die Türe und sah mich zweifelnd an: „Flüstert dir dein Engel meine Geheimnisse, also sprich!"

„Ach ja und noch was, schnell. Sie war gerade dabei, das Abendmahl vorzubereiten und war erstaunt darüber, dass der Pater nicht wie alle anderen in der Messe war."

„Lieber Pater, es stimmt wirklich. Ich habe Kontakt zu einem Engel. Er beschützt mich und weiß von allen Dingen."

„So sprich, mein Sohn!"

„Sie sprachen mit einer Dienstmagd Raphaela über Hexerei."

„Das ist mir aber zu wenig. Über Hexerei spricht die ganze Welt!"

„Also, Sie haben die Dienstmagd vor dem Scheiterhaufen gerettet und..."

Der Pater errötete, wandte sich zur Seite und sprach: „Das geht nicht mit rechten Dingen zu, wie kann er das wissen?"

„Und Sie sollten eigentlich in der Messe sein, darüber war sie erstaunt, sie war gerade dabei, das Abendmahl herzurichten."

Der Pater atmete hörbar, als er sprach: „Ich will dir glauben, du darfst gehen. Aber ich möchte dich hier in der Schule nicht mehr sehen!"

Maria Karolina sprach nun laut mit einer Engelsstimme zum Pater: „Herr Benediktus, Gott wird sich dir auch weiterhin zuwenden. Aber zweifeln Sie nie wieder an seiner Existenz."

Dann flüsterte sie mir leise ins Ohr: „So, nun schnell weg, bevor es sich das anders überlegt."

Ich hielt der unsichtbaren Maria Karolina meine Faust entgegen und meinte: „Check!" Ob sie ihre Faust an meine legte, konnte ich leider nicht spüren, aber ich war mir sicher. Ich freute mich über den gelungenen Plan.

Es dauerte einige Stunden bis wir Vier uns im Weingut Mayer am Pfarrplatz in Nussdorf einfanden. Wir stärkten uns alle mit einer kleinen Jause, Brot, Butter und dem Mitgebrachten von Maria Karolina. Dazu kauften wir Traubensaft der Weingut-Familie Mayer.

Während alle aßen, fragte ich meine Freunde, was sie im Kloster erlebten. Da berichteten sie mir ausführlich. Sie schilderten die Ereignisse wortgetreu, ich zweifelte allerdings daran, dass sie sich wirklich so genau daran erinnern konnten.
Peter begann den spannenden Bericht, als sie im Gang des Klosters angekommen waren.
„Kannst du Maria Karolina irgendwo sehen? Sie könnte uns bei der Befreiung behilflich sein. Ich habe aber noch keine Idee, wie wir das anstellen sollten!"
„Ich sehe gar nichts. Nicht einmal gelbe Gegenstände..."
„Warte, sei mal leise, ich höre Stimmen..."
„Das wird der Pater im Raum nebenan sein, in dem Sebastian sitzt und auf uns wartet. Ich rufe einmal leise: Mariiiaaa-Kaaroliiinaa, Maariiiaaa-Kaaroliinaa, Maariiaaaa-"
„Psssst, pssst Peter!!!! Was ist, wenn uns jemand anderer hört und nicht Maria Karolina?"
„Wenn wir Maria Karolina erreichen, dann müsste sie sich ins Zimmer schleichen, durch Wände kann sie ja nicht, so wie du, Maariiaa, Maaaariiiaaaa!!"
Etwas weiter entfernt hört Maria Karolina die Stimme ihres Freundes Peters. Sie machte sich auf den Weg und ging der Stimme entgegen.
„Da nimm meine Hand, Anna. Wir gehen ums Eck an der Säule vorbei. Du - du gehst durch die Säule und - oh - was macht denn meine Hand, die geht mit dir durch die Säule. Nochmals, ja klappt. Jetzt lass ich deine Hand los und versuchs - aua, geht nur, wenn du mich festhältst. Hey, super, dann vielleich könntest du mit Maria..."

„Ich muss ihnen helfen. Wo sind sie denn nur? Da um die Ecke vielleicht. Nein... ah, ich höre wieder Peter und jetzt auch Annas flüsternde Stimme. Ich muss ganz in der Nähe sein..."
„Also mein Plan, ist mir eben eingefallen: Du nimmst Maria Karolina an der Hand und gehst mit ihr durch

die Wand ins Gefängnis-Zimmer von Sebastian, dann kommst du zurück und wir beide fliehen. Sebastian und Maria Karolina können den Klosterbruder erschrecken, der sieht Maria Karolina ja nicht..."

„Das finde ich keine gute Idee. Ich lass dich sicher nicht alleine! Ich hab eine andere Idee."

„Ja und?"

„Ach endlich, hinter diesem Kasten müssen sich die beiden Freunde verstecken. Ich höre nun ihre flüsternden Stimmen ganz deutlich. Anna? Peter? Hört ihr mich?!"

„Hör doch Peter!!! Das ist doch Maria Karolina?"

„Maria Karolina, endlich. Gut dich zu hören. Wir haben entdeckt, dass andere Körper auch durch Wände können, wenn Anna sie festhält. Wir haben das mit meiner Hand bei der Säule unbeabsichtigt ausprobiert - und so könnten wir...!

„Ok. Wir versuchen deine Idee umzusetzen. Aber Peter, bitte verlasse dein Versteck nicht. Es bringt uns nichts, wenn wir Sebastian retten und dann du erwischt wirst."

„Jawoll!"

„ Ok Leute, da die Uhr tickt, frag ich jetzt gar nicht lange nach und mache einfach das, was ihr mir sagt. Eine Frage habe ich aber noch, Peter. Wenn ich unsichtbar bin, wie kann ich dann Anna die Hand geben?"

„Du siehst uns doch und kannst Annas Hand immer begleiten. Beim Durchgehen musst du halt darauf achten, dass deine Hand in der Hand Annas steckt. Hoffentlich klappts!"

Maria Karolina und Anna gleichzeitig: „Das hoffen wir auch!"

Anna und Maria Karolina schritten bis zur Wand vor. Anna sah nur Ebene, spürte auch Maria Karolina Hand nicht. Diese war damit beschäftigt ihre Hand in Annas Hand zu belassen, was nur schwer gelang.

„Wartet, ich ziehe nun meinen gelben Hosengürtel ab und werde ihn zur Wand werfen, hinter der Sebastian steckt. Dann kann Anna alleine zielstrebig hingehen, denn du bist ja als Unsichtbare nicht gerade eine große Hilfe für sie."

„Super Peter. Nun Freundin, strecke mir deine Hand entgegen und gehe gleichzeitig zum gelben Gegenstand. Ich schnapp mir dann deine Hand, so wie es Peter erklärt hat."

Die Beiden erreichen den am Boden liegenden Hosengürtel.

„Es geht los. Ich stehe wohl schon auf dem Gürtel. Also muss hier die Wand beginnen. Ergreif meine Hand Maria!"

Maria schnappte sich die Hand von Anna und mit vollem Enthusiasmus schritten die beiden zur Wand.

„Aaaautsch!!!!! Was ist das?! Verdammt! Peter!!!"

„Aua, mein Kopf. Was war das? Ich kann nichts sehen. Oh, der Hosengürtel. Ich stehe noch immer auf ihm. Da muss was schief gegangen sein oder?!"

Peter musste beim Anblick von Anna und dem Gestöhne von Maria Karolina lauthals lachen.

Das wieder vernahm der Geistliche, der gerade am anderen Ende des Ganges auftauchte. Er erblickte Anna.

Anna und Maria Karolina prallten an der Wand ab. Annas Wirkung ist begrenzt, daher kamen sie nicht durch. Nun ergriff Maria Karolina ihre Chance. Sie sah, dass der Klosterbruder den Raum, in dem Sebastian gefangen war, verließ und eilte rasch und unbemerkt in dieses Zimmer.

„Was ist los? Ich höre Schritte? Wo seid ihr? Peter?!"

Peter eilte zu Anna, zog sie ums Eck und fragte sie, ob sie die gelbe Postkutsche sehen könne, die draußen stand.

„Ja, draußen steht eine gelbe Postkutsche", flüsterte die unsichtbare Anna Peter gleichzeitig ins Ohr.

„Schleich dich dorthin, warte dort auf mich. Wir treffen uns später alle in Nussdorf, beim Wienerwald, habe ich mit Sebastian vereinbart!", raunte Peter retour.

„Hab ich doch richtig gehört! Da seid ihr ja, Diebesgesindel! Aber du bist ja auch allein, sprichst du mit Tauben wie dein Freund?"

Der Geistliche zögerte dabei und wirkte ein wenig verwirrt. Die Verwirrung stieg noch, als die unsichtbare Maria Karolina vom anderen Ende des Ganges um die Ecke laut und deutlich für alle vernehmbar schrie: „Es brennt, hierher!"

Diesem Ruf konnte sich der Pfarrer nicht entziehen, er rannte um die Ecke, um etwaige Bedrohungen abzuwenden. Das nützte Peter und stürmte in die entgegengesetzte Richtung des langen Ganges. Er erreichte die große Eingangstüre am Ende dieses Flurs, an der er aber umsonst rüttelte. Sie war fest verschlossen. Der Geistliche hatte inzwischen kehrt gemacht, hastete wieder um die Ecke, erblickte Peter und schrie: „Halt, still gestanden, du Dieb, Mörder, Meuchler!"

Im letzten Moment erblickte Peter das offen stehende Fenster. Ohne zu zögern sprang er.

Der Aufprall im Klostergarten war hart, aber er verletzte sich glücklicherweise nicht. Er rappelte sich auf und stürmte zum kleinen Tor, durch das die Freunde vorhin gekommen waren. Der Pfarrer sprang nicht, rief aber mit sich überschlagender Stimme: „Haltet den Dieb, Hilfe, festhalten, Gauner…!"

„Halt Postkutscher, halt. Wir wollen mitfahren!", rief Peter dem Kutschenfahrer zu, der gerade im Begriff stand abzufahren. Anna stand inmitten der Kutsche, sie konnte ja durch alle Gegenstände wandern, wie sollte sie da nur mitfahren?

Der Fahrer wartete, Peter erreichte die Kutsche und ergriff die Hand Annas. Sogleich war es ihr möglich das Innere des Wagens mit Peter zu erklimmen und sich auf die Bank zu setzen. „Lass mich jetzt nur nicht los!", warnte Anna ihren Freund eindringlich mit ängstlicher Stimme.

„Wie könnte ich meine liebe Anna jemals loslassen, keine Angst, wir sind gerettet. Hoffentlich schaffen es Sebastian und Maria Karolina auch - auf zum Wienerwald!"

Alle freuten sich, dass die Flucht aus dem Kloster für die VIER gut ausgegangen war. Weniger erfreut waren wir, dass Maria Antonia dort auch nicht anzutreffen war. Ich tröstete uns damit, dass wir doch noch längst nicht alle Plätze abgesucht hätten und es daher noch keinen Grund zur Trauer gäbe.

„Lasst uns aufbrechen, Spürnasen!", bemerkte ich nun mit fester Stimme.

So starteten wir VIER mit dem Fußmarsch zum Wienerwald, um dort an den Lieblingsplätzen von Maria-Antonia im angrenzenden Wienerwald zu suchen. Vor allem hofften wir auf Hinweise um den Platz der kleinen Kapelle, ungefähr eine Stunde Fußmarsch vom Weingut Mayer entfernt.

Ich fand die Wanderung auf den Berg langweilig und eröffnete das Gespräch: „Leute, sagt mal, was muss ich über die Kaiserin Mutter, Maria Theresia, wissen?"
Peter begann mit wichtigtuender Mine: „Als Maria Theresia 1717 geboren wurde, wünschten sich alle am Hofe, dass sie doch ein Bub wäre und kein Mädchen. Da die Herrschaft der Habsburger noch nie in den Händen einer Frau lag und niemand glaubte, dass ein Mädchen so viele Länder regieren konnte."
Maria Karolina ergänzte: „Darunter fielen die Länder: Österreich, die Königreiche Ungarn, Neapel-Sizilien, Böhmen, die Lombardei, die österreichischen Niederlande (heute: Belgien) und andere Länder."
Ich wollte dazu ergänzend wissen: „Hatte Maria-Theresia, die Kaiserin Mutter, keine Brüder?"
„Leider nein, oder glücklicherweise! Sonst ginge es mir vielleicht jetzt gar nicht so gut!"

„Und wo lag dann überhaupt das Problem?"
Anna antwortete: „Genau wie es die Eltern von Maria Theresia und auch sie selbst befürchteten, gab es auf Grund der ersten weiblichen Regentin jede Menge Krieg, da die umliegenden Länder glaubten, jetzt Oberhand gewinnen zu können. Es vergrößerte sich auch die Not für die armen Untertanen. Immer wieder kam es deshalb in der Regierungszeit der Kaiserin zu Protesten von Bauern und Bürgern in Wien. Viele davon fanden vor dem Stephansdom statt."
Ich war noch nicht zufrieden und wollte wissen, warum die Kaiserin Mutter die Missstände nicht bekämpfte.
„Meine Mutter gibt und gab sich viel Mühe, die Missstände im Leben ihrer Bevölkerung so gut wie möglich aus dem Weg zu räumen. Die Menschen lagen ihr sehr am Herzen. Es gab aber immer wieder schwierige Zeiten. Notwendige Kriege brauchten höhere Steuern, dadurch

wurde das Land immer ärmer und ärmer. Jetzt stecken wir seit 6 langen Jahren im Krieg. Allerdings gelang es meiner Mutter-Kaiserin durch Preisverordnungen die Lebensmittel zu verbilligen. Die Kaiserin erlangte somit Vertrauen in der Bevölkerung. Kleine Proteste blieben, aber das war ja zu allen Zeiten so, oder? Aber das müsstest du doch wissen, wenn du wirklich aus der Zukunft kommst! Wann endet denn der blöde Krieg?"

„Man nennt diesen Krieg heute den „Siebenjährigen Krieg", er dauerte von 1756 bis 1763."

„Also nur noch ein Jahr", Maria Karolina wirkte erleichtert.

Ich runzelte die Stirn: „Was hat deine Mutter denn sonst Gutes getan?"

„Na zum Beispiel dürfen arme Bauern und Bürger nicht einmal die gleiche Kleidung wie die reichen Leute tragen. Diese genaue Kleiderordnung will meine Mutter in den nächsten Jahren ändern."

„Ah, darum tragen viele arme Wiener und Wienerinnen Holzschuhe!"

„Aber nein, das gemeine Volk trägt die Holzschuhe, weil die Straßen von Müll, Schlachtabfällen und mit Fäkalien verunreinigt sind."

„Darum stinkts manches Mal so stark in den Gassen", murmelte Sebastian.

„So und in deiner Zeit stinkts nicht, du Alleswisser?"

Ich wollte nicht allwissend wirken und antwortete kleinlaut: „Na ja, in meiner Zeit gibt's Kanalisationen und die Leute waschen sich ständig."

„Igitt. Zuviel Wasser ist nicht gesund, wird uns erzählt."

„Einige Krankheiten brechen wegen geringer Hygiene aus, die Cholera und immer wieder die Pocken", erklärte Sebastian weiter.

„Aber das sind doch Strafen Gottes! Wie kannst du nur so reden? Mein intelligenter, älterer Bruder Karl Joseph starb letztes Jahr daran. Er wollte nicht an Gott glauben, er meinte, dass die Menschen für alles selbst verantwortlich wären – na ja vielleicht hast du recht, wer weiß! Meine Schwester Johanna starb dieses Jahr an Pocken!"

„Vater unser im Himmel...", hörten die vier Freunde aus

der Ferne. Sie erblickten zwischen den Bäumen einen betenden Klosterbruder vor einer kleinen Kapelle.

Maria Karolina nützte ihre Unsichtbarkeit aus und durchsuchte die kleinen Seitenräume der Kapelle, während Peter und Sebastian den Klosterbruder in ein Gespräch verwickelten. Anna wartete blind und stand sich unnütz vorkommend neben Peter.
So begann ich das Gespräch: „Lieber Pater, wir hörten Sie von einer Maria sprechen." Der Pater reagierte nicht. Da mischte sich Anna ein. Endlich konnte sie sich einbringen.
„Ich sehe etwas Gelbes aus der Hosentasche des Paters blitzen. Was ist das?"

Da kam Maria Karolina zurück zum Kapelleneingang, wo sich ihre Freunde mit dem Pater unterhielten. Ihre Erkundungstour war leider ohne Erfolg. Außer jeder Menge heiliger Bücher und verschiedenen Gewändern für die Messen hatte sie nichts gefunden.
Maria Karolina flüsterte ihren Freunden zu: „Die Luft ist rein. Leider keine Spur von meiner Schwester oder irgendwelchen Hinweisen. Konntet ihr schon mehr herausfinden?"

Ich blickte Peter an. „Genug gesprochen!", meinte dieser, während er mir zunickte und sich unter den linken Arm des Klosterbruders einhing. Dasselbe machte auch ich auf der rechten Seite. Er begann sich heftig zu wehren und schlug voller Wucht mit seinem Fuß gegen mein Schienbein, was ich mit einem lauten Schrei und einem festen Kniestoß meinerseits beantwortete. Peter zog den zappelnden Klosterbruder samt mir durch die offene Türe der Kapelle. Die „blinde" Anna stand ratlos auf der Seite. „Wir holen dich gleich! Bleib da stehen!", rief Peter ihr zu. Sie folgte den Lauten bis zur Türe, dort hielt sie vorerst an.

„Nochmals, ich habe nur für Maria-Antonia gebetet, ich habe sie nicht entführt. Aber wenn ihr mich nicht gleich loslässt, werde ich euch wegen Entführung bei der Polizei anzeigen!", schrie der Klosterbruder und strampelte heftig mit seinen Beinen. Wir hielten den Angriffen stand. „Wir glauben dir immer noch nicht, du sprichst sicher nicht die Wahrheit!", sprach ich, während ich Anna anblickte. Diese tappte vorsichtig in die Kapelle und ging noch einen Schritt –

„Halt, bleib stehen!", schrie ich verzweifelt, Schlimmes ahnend.

„Ja, halt ein!", rief nun auch Peter erschrocken, als er in die Richtung Annas blickte. Anna reagierte nicht und war im Begriff den letzten Schritt direkt in die lodernde Flamme der riesigen Kerze beim Eingang zu setzen. Ihr weiter Ärmel berührte bereits drohend das zuckende Feuer.

Da riss sich der Klosterbruder geistesgegenwärtig von den abgelenkten Freunden los, stieß Peter und mich in die kleine Kapelle und stürmte aus der Tür ins Freie. Mit einem lauten *Knall* fiel die Türe in die Angeln und gleich darauf hörten die Drei den großen *Schlüssel* drei Mal drehen. Nun saßen sie fest. Die blinde *Anna* war jedenfalls stehen geblieben, ihr bereits rauchender *Ärmel* wurde von Peter mit den Händen durch festes *Drücken* des glimmenden *Stoffes* am Weiterglosen gehindert.

„Ihr Halunken! Ich laufe nach Nussdorf und werde die Polizei verständigen. Dann ist Schluss mit euren Späßchen!" Die VIER hörten den Pater schimpfend weglaufen.

„Wir sitzen hier fest. Was machen wir nun?"

„Ich müsste jetzt mal versuchen, wieder sichtbar zu werden. Wir benötigen meine Fähigkeit im Moment wohl nicht mehr. Sebastian, gib mir bitte das Smartphone. Ich werde ein paar Eingaben versuchen."

„Ich bin Schuld am Entkommen des Paters. Wie kann ich helfen?"

„Maria Karolina, ich finde mein Smartphone nicht, oje. Außerdem wissen wir nicht, ob das Bedienen des Handys aus deiner unsichtbaren Welt überhaupt möglich ist und dann auch die gleiche Wirkung einsetzt! Wo ist das Smartphone eigentlich?"

Maria Karolina suchte das Smartphone in sämtlichen Kleidungstaschen von Sebastian. Nach einer Weile wurde sie fündig, das Handy befand sich in ihrer gelben Tasche. Erleichtert fing sie an zu tippen.

„Maria Karolina, tippst du noch immer? Und Peter, ich hab eine Idee. Du kannst Anna ja deine Hand reichen und gestern im Kloster konntet ihr ja dann auch eine Handbreit durch Wände gehen. Das müsste doch reichen..."

Da wurde ich durch Maria Karolina unterbrochen.

Maria Karolina: „Leute, es hat geklappt. Ich bin wieder sichtbar oder? Oh, das ist so toll, wenn wir wirklich den Umgang mit den Zauberformeln am Smartphone beherrschen lernen, können wir das sehr brauchbar einsetzen!!!"

Ich blickte Maria Karolina erleichtert durch einen sich auflösenden Nebelschleier an und meinte: „Was hast du getippt?"

„Ganz einfach. Ich habe nur #unheimlich wieder eingetippt. Das können wir uns doch merken, oder?"

Peter wandte sich an Anna: „Du erwähntest, dass der Pater etwas Gelbes bei sich trug. Ich glaube inzwischen nicht mehr, dass der Klosterbruder etwas mit der Entführung zu tun hat. Vielleicht war es ja nur sein Taschentuch."

Anna glaubte inzwischen auch, dass das Gelbe beim Pater nicht von Belang gewesen wäre und führte die Idee Peters zum Öffnen der Kapellentür weiter aus, indem sie meinte: „Ich finde die Idee super. Es genügt ja wirklich, wenn ich es schaffe, dass Peters Hand zur Türklinke von außen kommt. Aber Peter du musst mich ergreifen, denn ich kann es ja leider nicht. Und unsere Hände zur richtigen Stelle führen. Aber halt mich ganz fest, ansonsten funktioniert der Zauber sicher nicht."

Maria Karolina ergänzte mit einem fröhlichen Grinsen: „Peter wird dich sicher mit Vergnügen ganz fest halten, Anna."

Peter errötete und warf Maria Karolina einen strafenden Blick zu: „Ich halte alle immer gleich fest!"

„Jaja... musst dich doch nicht gleich so ärgern, hihihi!"

Ich blinzelte Maria Karolina zu und meinte: „Ok., Peter. Vielleicht soll Anna meine Hand halten?"

„Hallo? Um was geht es denn jetzt hier? Wollen wir aus dieser Kapelle raus oder noch länger Kindergarten spielen? Ich nehme die Hand Peters und aus!"

Gesagt, getan. Anna und Peter gaben sich die Hand wie ein trautes Ehepaar. Anna schob Peters Hand vorsichtig nahe des Schlosses durch die Türe, bis er aufschrie: „Au, weiter geht's nicht! Halt ein!"

„Dann probier die Klinke zu greifen und runterzudrücken. Hopp."

„Ich greife die Klinke. Noch ein bisschen tiefer. Ja, jetzt spür ich den Schlüssel, aber auch wenn ich meine Finger ausstrecke, ich kann den Schlüsselgriff nicht greifen, meine Finger sind zu kurz!"

„Peter. Streng dich an. Du kannst jetzt unser Held werden, das wolltest du doch immer schon!"

„Aua. Zwick meine Finger nicht so zusammen."

„Ich geb auf, Held hin oder her. Hat jemand von euch längere Finger. Ich eigne mich nicht zum Taschendieb!"

„Ach Mensch. Dann muss ich es wohl doch mit Sebastian versuchen."

Ich blickte meine Finger an, dann schaute ich zu Maria Karolina.

„Finger-Check, lege deine Hand auf meine, dann sehen wir, wer ein richtiger Langfinger ist!"

Ich streckte Maria Karolina meine ausgestreckte Hand entgegen.

„Ich habe längere Finger als du. Und ehrlich gesagt, bin

ich jetzt für Frauenpower. Mir dauert das alles zu lange. Und was ist, wenn der Pater wirklich die Polizei holt? Dann stecken wir hier noch immer fest und wer sucht dann meine Schwester? Für euch ist das ja alles nur ein Abenteuer, aber bei mir gehts da um mehr, Herrschaftszeiten!!!"

„Nimm meine Hand und beruhige dich."

„Du hast ja recht. So, ich hab dich fest im Griff. Nun führ mich in die richtige Richtung durch die Tür und dann gehts los."

„Gut. Jetzt müssten wir die Klinke erreicht haben. Kannst du sie ertasten?"

Maria Karolinas Gesicht erhellte sich, als ein Klinkengeräusch zu hören war. „Hihihi, Freunde, ich glaub ich habs. Es klappt. Ich kann die Türe öffnen."

Peter und ich hüpften voll Freude durch die offene Tür.

„Juhu. Wir sind die besten. Endlich konnte ich auch wieder mal helfen. Aber ich möchte trotzdem wieder mehr sehen als gelbe Dinge. Aber was ist mit mir?"

„Wir rufen die Nirwanerinnen mit Sebastians Handy. Vielleicht können wir dich selbst zurückholen."

„Danke Peter!" Leider konnte diese Aktion nicht ausgeführt werden, denn plötzlich hörten wir alle die Hufe herannahender Reiter. „Die Polizei!", riefen alle wie aus einem Mund. Die Sprungnasen ergriffen die Flucht.

„Wir trennen uns wie besprochen und treffen uns wieder beim Weingut Mayer, so verwischen wir unsere Spuren am besten!", rief ich.

Ohne Gegenrede folgten die Drei dem Vorschlag und liefen in verschiedene Richtungen davon.

Nach Stunden langte auch Peter mit seiner blinden Anna im Weingut ein. Er hatte es am schwierigsten, da Anna zwar durch jedes Hindernis, jeden Strauch, Baum und Felsen gehen konnte, vor Gräben aber gewarnt werden musste. Außerdem durfte ihr beim Durchschreiten von Gegenständen auch niemand zusehen, sonst hätte man sie schnell der Hexerei bezichtigt.

„Geschafft", stöhnte Peter.

„Bin ich dir so eine Last?", fragte Anna gequält lächelnd.

Ich blickte in Annas verschwitztes Gesicht, als sie die Stube betrat und meinte: „Das kann doch nicht so schwer gewesen sein, du kannst doch durch alle Hindernisse durchmarschieren, oder habt ihr noch etwas anderes erlebt? Hat euch vielleicht die Polizei gesehen?"

„Das hast du gut gemacht Peter. Aber es wäre jetzt wirklich an der Zeit, dass Anna wieder sehen kann. Das kann kein Dauerzustand werden."

„Sebastian, du bist gut. Auch wenn ich durch Steine und Bäume gehen kann, ist es trotzdem furchtbar anstrengend, wenn man den Untergrund nicht sieht. Und vor Gräben und Löchern musste auch ich gewarnt werden. Aber um ehrlich zu sein, sah ich am Weg hierher etwas auffallend Gelbes und dann wollte ich auch auf Drängen von Peter nicht mehr weitergehen. Ich wollte unbedingt herausfinden, was es war."

Maria Karolina und ich riefen gleichzeitig: „Ja, und. Was war das, habt ihrs herausgefunden?"

„Kann man gegen die Neugierde einer Frau gewinnen? NEIN. Natürlich haben wir es herausgefunden und ihr könnt euch nicht vorstellen, was wir gefunden haben!"

Anna rollte die Augen nach oben und gab mit einer kleinlauten Stimme zu: „Ja, es tut mir ja leid. Wie oft muss ich mich noch entschuldigen Peter?"

„Mensch, jetzt macht es nicht so spannend. Raus mit der Sprache."

„Ich sah von Weitem eben diesen gelben Gegenstand. Und dann mussten wir aber genau über einen kleinen Bach, um ihn zu erreichen. Peter schimpfte mich schon die ganze Zeit, aber ich wollte unbedingt zu diesem Ding."

Anna fuhr fort: „Als wir nach einem kleinen Umweg dort ankamen, war es leider nur ein......"

„TASCHENTUCH. Ein gelbes Taschentuch!!!"

„Dann kann der nächste Schnupfen ja getrost kommen...?!"

Anna: „Ja genau... leider NUR. Ich war mir so sicher einen Hinweis gefunden zu haben. Aber leider wird es wohl das Taschentuch vom Pater gewesen sein, welches er bei seiner schnellen Flucht aus der Hosentasche verloren hat."

„Ich hab ja gesagt, dass das Gelbe in seiner Hose ein Taschentuch war."

„Ich find es trotzdem richtig von dir, der Sache nachgegangen zu sein. Jeder Hinweis könnte für uns wichtig sein. Nun aber probieren wir dich aus der Blindheit zu erlösen. Ich schreib mal #unheimlich und.. Nichts passiert, vielleicht #...

„Schade, dass es nur ein Taschentuch war. Sebastian, vielleicht musst du mal #heimlich, #sehen oder #rückgängig eingeben? Probier mal aus."

Egal was ich auch in mein Smartphone tippte, es funktionierte nicht. Anna verzagte schön langsam und es stiegen ihr Tränen in die Augen. Der ach so coole Peter konnte das nicht mit ansehen und tröstete die noch immer Blinde. Maria Karolina wurde von diesem Anblick schon wieder etwas wütend, denn sie lebte nach dem Sprichwort ihrer Großmutter: „Aufgegeben wird nur ein Brief mit der Postkutsche".

Da schrie sie ganz aufgeregt in die Runde: „Seht, Nebel!

Es erscheint eine weibliche Gestalt aus göttlichem Antlitz und mit einem silbernen Schimmer. Was ist das? Seht hin!"

Ich hatte zum Schluss #ungeschehen eingegeben.

Es wurde ganz ruhig und alle VIER blickten zu der Gestalt. Anna sah natürlich nichts, aber auch sie wurde von dem hellen Schimmer um die Gestalt geblendet.

„Ihr kennt nun zwei von uns,

Erneuerung belebt die Welt. Nur wer das Neue liebt, mit

altem bricht, gestaltet Zukunft, die mit Glück vereint.
Ich, Gäa, schöpfe und erschaffe hier seit ew´gen Zeiten in Nirwanas Nirgendland,
die Neunirwanafee werd ich genannt,
denn Stillstand ist mir unbekannt!
Schöpfung, neues Leben, neue Weisen braucht Nirwanaland und auch die Erdenmenschen müssen sich bewegen!
So hört mir zu, ich bin die Freundin Hesias und Theras,
die zu euch stehn, auf dass auch ich nun für euch schaffe!
Aus Nirwanaland wird Anna dann von mir entlassen,
wenn ihr ein Wörter-Rätsel löst,
ein Rätsel, das der Freundin Anna hilft, den Raum hier zu verlassen.
Löst ihr dieses Rätsel, so habt ihr eine Zahl zur Hand,
sie soll im Buch des Lebens eure und auch unsre nächste Seite sein,
auf der erzählt wird dann von euren weiteren Taten.
Nun gebt gut Acht, hier euer Rätsel:
Mit einem lauten Knall fiel die Türe in die Angeln und Peter hindert Stoff am Weiterglosen.
In all den Sätzen dort auf Seite 48
findest du sechs Attribute vor den Nomen, die schräggestellt dort vorzufinden sind.
Nun gilt es noch den Fachausdruck der Wortart
dieser Attribute aus zu machen.
Buchstaben werden wiederum addiert,
von den gefund´nen Attributen und des Fachausdrucks der Wortart,
die mit „A" beginnt.
Vom Ergebnis nehmt ihr noch die aktuelle Zauberzahl 48.
Jetzt dürft ihr damit zum Kapitel blättern – doch:

Vergiss den Zauberspruch nicht laut zu sprechen,
wenn ihr im Buch des Lebens nach dem Kapitel sucht:

**Raum zu Raum und Zeit zu Zeit und Sicht zu Sicht,
nur wer das Rätsel löst,
den Zauber bricht."**

3: Die Flucht der Sprungnasen

Wir erwachten am Boden liegend bunt verstreut im Gartenhäuschen aus einem Nebel der Erinnerung. „Warum liegen wir hier alle, wie verlorene Bohnen?" rief ich in einem ersten Anflug von Verzweiflung. Auch der Rest der VIER wusste keine Antwort. Alle erinnerten sich aber, dass ihre Majestät Mutter-Kaiserin mich verdächtigte und mit Haft bedroht hatte. Außerdem stellte sie mir ein Ultimatum zur Aufklärung der Entführung. Das betraf uns natürlich alle. Wir waren uns schnell einig, den nächsten und letzten Suchpunkt der Nirwanerinnenbotschaft, nämlich Klosterneuburg, an zu peilen.

Die Fahrt sollte mit der Postkutsche gleich heute Abend erfolgen. Maria Karolina kümmerte sich wie stets um ein Jausenpaket für uns alle. Es wurde schon dunkel, als wir die Postkutsche vor dem Schloss Schönbrunn bestiegen. Glücklicherweise benutzten abends wenig Menschen die Kutsche. Die hatten in der damaligen Zeit wohl weniger Lust am Reisen, als dies heute der Fall ist. So waren unsere einzigen Begleiter Briefstücke und kleinere Pakete, die alle nach Klosterneuburg oder kleineren Orten auf dem Weg waren. So fuhren wir VIER zusammen mit Poststücken in der Postkutsche durch die Abenddämmerung.

„Hast du den Kutschenfahrer gesehen?", raunte mir Maria Karolina beim Einsteigen zu. „Ja und ich bin sehr erleichtert, dass ich nicht mit dem Kutschenfahrer alleine unterwegs bin. Dieser Mann sieht so unheimlich aus: Groß, sehr schlank, schon älter. Graue lange Haare auf der Seite, ein fahles Gesicht, in der Mitte des Kopfes eine glänzende Glatze, lange Fingernägel stehen drohend von den Fingern. Gesamt wirkt seine Erscheinung auf mich sehr unheimlich!" Das hörten auch Peter und Anna und nickten mir zustimmend zu.

Während der Fahrt wurde es immer dunkler und das Gefährt rumpelte durch viele Waldwege.

Man vernahm verschiedenste Tierlaute, ich konnte nicht alle zuordnen. Doch einige Male hörte ich Wölfe heulen. Oh mein Gott, wo gibt es das in meiner Zeit? Wolfsheulen hatte ich noch nie zuvor gehört, außer bei meinen Zoobesuchen. Dort war mir aber viel wohler, denn die Tiere sind hinter Eisengittern. Maria Karolina setzte sich immer enger zu mir, denn auch für sie war eine solche Kutschenfahrt im Dunkeln nicht alltäglich. Peter hielt Annas Arm fest umklammert.

Immer wieder mussten wir uns an den Seitenwänden der Kutsche abstützen oder fielen gegen unsere Nachbarn, denn durch die unebene Straße und die vielen Löcher im Erdboden war die ganze Angelegenheit sehr holprig.

„Wie fährt man denn in deiner Zeit?", wollte Peter von mir wissen.

„Bei mir zu Hause gibt es nur Straßen, die schön asphaltiert sind und aus zwei Straßenspuren bestehen."

„Sebastian, was ist asphaltiert?"

„Anna, die Menschen schmieren schwarzen Teer auf den schottrigen Untergrund."

Maria Karolina klang besorgt, als sie fragte: „Das muss ja fürchterlich picken!"

„Nein, höchstens bei sehr hohen Sommertemperaturen. Die Leute haben da ein Rezept, das den Teer aushärten lässt."

„Und zwei Straßenspuren, warum denn das?", wollte Peter wissen.

„Hmm, bei euch sahen wir bis jetzt kein einziges weiteres Fahrzeug, von ein paar Reitern abgesehen. In meiner Zeit wäre das undenkbar."

„Was, undenkbar? Wie schaut das aus?", fragte Anna erstaunt.

„Auch in tiefster Nacht gibt es Fahrzeugverkehr. Am Tag ist es oft so schlimm, dass trotz vieler Straßenspuren alle Wege verstopft sind."

Maria Karolina war nun von ihrer Zeit wieder überzeugt: „Na dann ist es ja hier viel besser als bei euch. Ich werde eure Straßenkunst daher nicht bewundern!"
„Ok, zwei Spuren waren hier wirklich nicht nötig, denn auf Gegenverkehr stießen wir in den letzten vier Stunden nicht. Doch dass es nur Erdschotterwege gibt, mit großen Löchern, an das kann ich mich nicht so schnell gewöhnen. Mein Po schmerzt jedenfalls vom dauernden Auf- und Niederstoßen auf der harten Kutschenholzbank", antwortete ich überheblich.
Ich wollte meine Überlegenheit noch weiter ausbauen, da hörten wir laute Rufe. Ein Blick aus dem Wagenfenster zeigte uns, dass Hunderte von Menschen mit lodernden Fackeln und lauten Rufen auf ein nahe gelegenes Dorf zusteuerten und gleichzeitig die Straße und umliegenden Wiesen blockierten. Dabei riefen sie laut und durcheinander: „Weg mit den Steuern! Nieder mit den Abgaben! Lasst uns leben!" Demonstranten gab es offensichtlich auch in dieser Zeit.

Da hörte ich plötzlich den Kutschenfahrer aufschreien: „Brrrrrrr, Pferdl, brrrrrr!"
Gleich nach diesem Schrei schleuderte es uns durch die Postkutsche, wir konnten uns nicht mehr festhalten. Die Kutsche quietschte und die Pferde wieherten. Das ganze Gefährt wackelte als würde es gleich umfallen. Maria Karolina schrie laut auf und ich befürchtete wirklich das Schlimmste. Hatte uns ein Demonstrant überfallen und eines der Pferde angegriffen? Ich konnte aber in der Finsternis nichts erkennen. Ich sah bloß die vielen Lichter der demonstrierenden Menschen und die kleine Laterne, die auf der Kutsche für den Fahrer angebracht war.
Nach einer uns gefühlten Ewigkeit kam die Postkutsche endlich zum Stehen. Meine Glieder schmerzten und ich versuchte die Türe zu finden.
Der Kutschenfahrer stieg ab, öffnete gleichzeitig unseren

Verschlag und erklärte: „Wir missen warten, kennen da nicht durch, ganze Gegend is voll Leute, Polizei kemmt auch da vorn…"

Seine Redeweise ließ auf eine böhmische Abstammung schließen. Zu solchen weiteren Gedanken hatte ich nicht Zeit, denn Peter warnte eindringlich: „Wir können uns eine Auseinandersetzung mit der Polizei nicht leisten. Bei Verhaftung verlieren wir wertvolle Zeit und das Ultimatum der Mutter-Kaiserin verstreicht ungenützt. Dann werden aus VIER drei, das will ich doch nicht."

Maria Karolina schlug sogleich vor: „Dann lasst uns aussteigen und den Rest des Weges durch den Wald marschieren!"

Da sahen wir, dass auch eines der Räder gebrochen war. Ich hatte es ja gesagt, diese ganzen Schlaglöcher gehören dringend asphaltiert! Der Kutschenfahrer erklärte uns, dass es unmöglich für ihn sei, die Kutsche ohne Licht in der Nacht zu reparieren. Außerdem nehme er auch an der Demonstration teil und drückte uns ein Schreiben in die Hand, dass vor allem mir nicht ganz unbekannt war:

Sehr hochgeehrte, allerdurchlauchtigste, großmächtigste, kaiserliche Majestät!
Einfach lebten die Bürger und Bürgerinnen stets.
Der Adel und der Klerus verdienten durch Abgaben der Bürger und Bauern.
Sie führten 1760 neue Steuern in Österreich, Ungarn, Oberitalien und Böhmen ein. Das führte zur Verarmung vieler Bürger und Bauern.
Wir fordern daher untertänigst,
dem Bürger- und Bauerntum diese neuen Steuern in Zukunft zu ersparen.
Alleruntertänigst, allergehorsamst und dienstergeben
Bürger und Bauern von Klosterneuburg und Umgebung

Der Fahrer hängte die Pferde mit einem Strick an Bäumen des Straßenrandes an und gab ihnen noch etwas Hafer zum Essen. Dann entfernte er sich und schloss sich der schreienden Menschenmenge an.

„Willst du mit ihm gehen?", fragte Maria Karolina provozierend.

Ich hatte keine Lust auf diese Späßchen weiter einzugehen und richtete meine Antwort an alle: „Wenn wir noch ein bisschen hier herumstehen, dann können wir im Polizeiwagen mitfahren..."

Da erblickten auch die anderen die herangaloppierenden Reiter, die sich mit lauten Rufen als Polizisten zu erkennen gaben: „Im Namen der Kaiserin und des Kaisers. Kehren Sie in Ihre Häuser zurück. Bei Nichtbefolgung des kaiserlichen Befehls erfolgt Verhaftung und Verurteilung. Kehren Sie in ihre Häuser zurück. Bei..."

Der erste Polizeireiter hatte uns erreicht, sprang vom Pferd und ergriff Anna. Diese wehrte sich heftig. Wir wollten ihr zu Hilfe eilen, aber da umzingelten uns bereits weitere Polizisten.

„Wir sind keine Demonstranten!", schrie Maria Karolina verzweifelt.

„Wer seid ihr dann?", wollte einer der Polizisten wissen, während er Maria Karolina an der Schulter festhielt. Auch ich und Peter wurden von Polizeibeamten ergriffen.

„Ich bin die Tochter der Kaiserin!", entgegnete Maria Karolina, was bei den Polizisten zuerst Verblüffung auslöste. Dann aber brachen sie in lautes Gelächter aus und einer meinte: „Und ich bin der Kaiser von China!" Abermals schüttelten sich die vier Polizisten vor Lachen.

Diese kleine Ablenkung genügte Anna, die ihrem Beamten in die Hand biss. Dieser ließ schreiend los und Anna stürmte in den Wald. Die drei anderen Polizisten wurden dadurch abgelenkt und wir konnten uns durch rasche Drehungen aus den Griffen befreien und liefen Anna nach. Außer Peter. Als ich mich im Laufen umdrehte, sah ich, dass alle vier Polizisten den schreienden, tobenden, um sich schlagenden Peter festhielten. Es war nicht möglich, ihm jetzt zu Hilfe zu kommen, zumal weitere Polizisten im Anmarsch waren. Also liefen wir weiter.

Vorerst mussten wir eine Unterkunft finden. Maria Karolina äußerte mehrmals lautstark, dass sie sicher nicht in diesem dunklen Wald zwischen all den gefährlichen

Tieren schlafen werde. Ich gab es zwar nicht zu, aber ich war sehr froh, dass die junge Hoheit so darüber dachte. Wir erreichten den Waldrand, die Laute der Demonstranten und der Polizei waren nicht mehr zu hören.

„Was machen wir mit Peter?", fragte Anna uns besorgt.

„Ich denke, dass er nach einer ausgiebigen Verhörung wieder frei gelassen werden wird!", meinte ich.

„Da kennst du unseren Polizeiapparat aber schlecht! Sie werden ihn solange foltern, bis er alles gesteht, was sie zu hören wünschen!", erwiderte Maria Karolina. Anna bestätigte diese Äußerung, was mich nicht unbedingt beruhigte.

„Ich denke, dass die Polizei derzeit keine Zeit hat, um sich weiter um Peter zu kümmern. Sie werden ihn also in einen Wagen gesperrt haben und gegen die Demonstranten vorgehen. Dann wäre jetzt noch die beste Gelegenheit ihn zu befreien."

„Sebastian, du hast Recht. Ich gehe auf Erkundungsmarsch, vielleicht kann ich ihn befreien!", sagte Maria Karolina bestimmt.

„Lass mich gehen!"

„Sebastian, wenn du von der Polizei gefangen wirst, hast du schlechtere Chancen als ich! Außerdem kannst du hier bei Anna bleiben und darfst sie beschützen!"

„Ich brauch doch keinen Beschützer", meinte Anna trotzig. Ich stimmte schließlich zu und versprach, dass Anna und ich uns gegenseitig beschützen würden. Wir erwarteten Maria Karolina und den befreiten Peter hier wieder.

Maria Karolina wollte sich den Weg mit Stofffetzen markieren, die sie aus ihrem Kleid reißen wollte. Zum Glück war die Nacht nun nicht mehr gar so dunkel, Vollmond erleuchtete die Gegend. Maria Karolina verließ unseren Platz.
Anna und ich beschützten uns so gut, dass wir beide ohne Mühe einschliefen. Umso erschrockener waren wir, als jemand an uns rüttelte. Ich schlug die Augen auf und blickte in das schmunzelnde, leicht erschöpfte Gesicht Maria Karolinas. Anna blickte in ein strahlendes, verschwitztes Gesicht Peters. Maria Karolina hatte es also geschafft. Wir richteten uns auf und bestürmten die Beiden mit Fragen.

Maria Karolina erzählte uns ihre Abenteuer: „Ich konnte mich ungestört anschleichen, da die Polizisten mit den Demonstranten sehr beschäftigt waren. Zum Glück hielten sie Peter in der Postkutsche fest, nur ein Polizist hielt Wache. Ich schlich mich so nahe wie möglich heran und pfiff. Nicht nur der Polizist blickte in meine Richtung, auch Peter schaute mit seinen gefesselten Händen aus dem Wagenfenster. Da wusste ich, dass Peter hier war. Der Polizist bewegte sich nach einem weiteren Pfiff von mir in meine Richtung. Ich lief inzwischen geduckt und von Sträuchern geschützt in einem kleinen Kreis um die Kutsche. Damit der Polizist seine Richtung beibehielt, warf ich von Zeit zu Zeit Steine dorthin… Dann sprang ich zum Wagen, drehte den Schlüssel im Wagenschloss – ja sie ließen diesen stecken – und befreite Peter und mit ihm eine weitere Person, die sich sofort aus dem Staub machte."
„Danke, Maria Karolina", hauchte Peter erleichtert.
Nun aber galt es eine Unterkunft zu finden.
Nach einer kleineren weiteren Wanderung über eine Wiese nahmen wir einen Lichtstrahl wahr. Dort angekommen, freuten wir uns sehr, denn es gab wirklich Leute, die hier wohnten.
Zu unserem Erstaunen waren diese Menschen auch noch

sehr gastfreundlich. Sie baten uns sofort in ihr Haus, als wir ihnen von unserer Flucht und Unschuld erzählten. Das Haus sah für mich zwar nicht wie ein Zuhause aus, sondern eher wie eine Holzhütte, aber ich freute mich über jedes Dach über dem Kopf. Wie sich herausstellte, heißt die freundliche Familie „Schauer" und sie waren Obstbauern. Sie sahen etwas verarmt aus, aber die ganze Familie war wirklich sehr freundlich zu uns.

Da könnten sich so manche Leute in meiner Zeit etwas Abschauen, dachte ich mir. Der Sohn des Herrn Schauer erklärte mir, wo wir die Nacht verbringen könnten. Dabei bemühte er sich um eine gepflegte Standardsprache: „ Ihr könnt das Zimmer im oberen Stock nehmen, kommt mit mir, ich zeige es euch, da ist genug Platz für vier Leute, bis letztes Jahr schlief da noch mein Vater, er starb leider im letzten Sommer, ich bin oft sehr traurig. Kommt mit, ich zeige es euch, werden euch gefallen, viele schöne Schmetterlinge auf den Tapeten, die Betten haben wir aus Stroh gemacht, darüber einfach ein Bettlacken gelegt, fertig ist die schöne Schlafstätte. Billig, brauchbar, wir müssen so denken, so geht es uns gut, die kleinen Dinge muss man ehren. Ich wünsche euch eine gute Nacht, lasst euch nicht von den Wanzen beißen, Polster findet ihr im kleinen Holzkasten, neben dem Blecheimer, der ist für die Nachttoilette. Könnt ihr verwenden, ich leere ihn morgen für euch aus, fühlt euch wie zu Hause, gute Nacht meine Gäste!"
Da saßen wir VIER nun zeitig am Morgen, knapp vor Sonnenaufgang, vor den Bauersleuten und lauschten ihren Erzählungen, während wir aus einer großen Schüssel gemeinsam dampfende Gemüsesuppe in uns hinein schaufelten.

Das war für die kleine Prinzessin Maria Karolina schon höchst ungewöhnlich. Nicht nur, dass sie mit gemeinem Volk, also einfachen Leuten würde man heute sagen, an einem Tische saß, sondern auch das Löffeln aus einer großen Schüssel, die in der Mitte des Tisches stand. Allein ihr großer Hunger zwang sie zu diesem für sie ungewöhnlichen Tun und das mitgebrachte Jausenpaket hatten wir längst verzehrt.

„In unsan Goaten wochsn Epfl auf de Bam, Paradeisa hauma a. Solaung ma kräun kennan, wer ma hackln. Hobts es no an Duast?", meinte die Bauersfrau.

Maria Karolina verstand kein Wort, das konnte ich an ihrem Gesichtsausdruck ablesen. Außerdem stieß sie mich mit ihrem Fuß unter dem Tisch, sodass ich fast aufgeschrien hätte! Also übersetzte ich, bevor unsere Bäuerin weiterreden konnte.

„Frau Schauer möchte wissen, ob du Durst hast und etwas trinken möchtest. Außerdem teilte sie uns mit, dass sie Obst, vornehmlich Äpfel, und Tomaten anbaut."

Maria Karolina schluckte: „Ich hätte gerne einen Apfelsaft, wenn es ihnen recht ist, Herr Schauer!"

Die Bäuerin antwortete: „Mogst ruhig Edi zu mir sogn. Mia san net so aufblosn, wia die von da Stodt. Woher kummts ihr eigentlich?"

Die Bäuerin stellte einen Krug Saft mit zwei Gläsern vor uns ab, während ich stellvertretend für Maria Karolina antworte: „Mein Name ist Sebastian und ich komme von weit her. Das ist ihre Hoheit, Maria Karolina Luise Josepha Johanna Antonia, ihre Kaiserin-Mutter Maria Theresia nennt sie Karoline. Aber sie ist trotzdem nicht eingebildet, also aufblosn, so wie sie die Stadtmenschen einschätzen! Und das dort sind Peter und Anna. Wir sind treue Freunde und nennen uns die VIER!"

Jetzt schluckten die Bauersleute und wären fast auf ihre Knie gefallen, wenn Maria Karolina nicht sofort abgewunken hätte.

„Wollen Eure Hohenheiten nachernd noch etwas wissen?", bemühte sich Bauer Schauer nun auf Standarddeutsch.

Da ich schon immer einmal aus erster Hand erfahren wollte, wie denn der Tagesablauf der Menschen im Jahr 1762 auf dem Land ausschaute, stellte ich ihm diese Frage. Maria Karolina warf mir einen strafenden Blick zu, wahrscheinlich war meine Frage in ihren Augen ungebührlich.

Immerhin erhielt ich einen kleinen Einblick. Sie arbeiteten vom Sonnenaufgang bis Sonnenuntergang. Natürlich wurden dazwischen kleinere Pausen eingelegt. Die Art der Arbeit richtete sich nach der Jahreszeit: Neue Bäume setzen, schneiden der Bäume, bekämpfen der Schädlinge, das Ernten der Früchte.... So war jeder Tag mit Arbeit ausgefüllt, Urlaub war unbekannt. Der Sonntagvormittag diente dem Kirchgang, am Nachmittag wurde schon wieder gearbeitet. Die Früchte wurden vor Ort verkauft. Unser Bauer Schauer hatte auch einige Abnehmer aus der Stadt, kleine Händler, die einmal in der Woche Früchte und Säfte kauften. Es ging der Familie Schauer besser als so manchem Arbeiter in der Stadt. Sie erklärten uns auch, dass sie Most aus dem Apfelsaft produzierten. Über eine neue Steuer wüssten sie nichts, niemand hätte ihnen da etwas davon erzählt.

Bevor wir die netten Bauersleute verlassen wollten, erhielten wir noch eine Obstbaumführung und vom Sohn des Bauern eine Einführung in das Schneiden von Obstbäumen:

„Also, beim Schneiden eines Obstbaumes musst du so vorgehen: Betrachte den Baum aus der Distanz. Dann fallen dir gleich die stärksten, ältesten Äste auf. Die dünneren Abzweigungen solltest du ausschneiden. Das sind vor allem jene, die man als Wassertriebe bezeichnet und die keine Knospen tragen. Du lehnst eine Leiter an den Baum. Du steigst nach oben und schneidest mit der Schere ganz am unteren Ende den Ast ab. Du schneidest vor allem die Äste, die ins Innere der Baumkrone gehen. Es gibt Fruchttriebe und Wassertriebe. Die Fruchttriebe lässt du und auch die Wassertriebe schneidest du nicht alle weg, damit sich der Baum ernähren kann. Von den Fruchttrieben nimmst du alle Früchte ab, besonders auch die bereits vertrockneten.“

Während wir unter einem Obstbaum den Ausführungen

des jungen Bauern lauschten, wurde Frau Schauer neugierig. Sie stellte eine Frage, die wir schon lange erwartet hatten:

„Warum seid ihr eigentlich mitten in der Nacht mit einer Postkutsche unterwegs? Und was macht die Tochter der Majestät mit einem Jungen und dem Kutschenfahrer alleine hier in unserer Gegend?"

Wir erklärten, dass wir auf schnellstem Weg nach Klosterneuburg müssten, um im Bürgerhaus nach der entführten Kaisertochter Maria Antonia zu suchen. Ganz entsetzt von unserer Geschichte und nun auch besorgt um die kleine hoheitliche entführte Maria Antonia wollte uns die Familie Schauer helfen.

„Unser Haus liegt nur 10 Reitminuten vom Bürgerhaus entfernt. Unser Wohnort hier befindet sich genau am Rande von Klosterneuburg. Wir können euch helfen!", erklärte uns Herr Schauer mit einem glücklichen Gesichtsausdruck.

„Ja genau, mein Lieber, wir haben doch unser Zugtier, Hias, den Ochsen, im Stall. Wir können ihm das Joch vorspannen und dann zieht es die VIER auf dem Wagen zum Bürgerhaus!", nun war auch Frau Schauer ganz positiv aus dem Häuschen.

Wir freuten uns über dieses Angebot natürlich sehr. Und schon eine Stunde später, stand das eingespannte Tier samt leerem Wagen für uns als Transportmittel bereit. Wir setzten uns auf den Wagen und Herr Schauer kutschierte uns. Nach kurzer Fahrt, natürlich noch holpriger als in der Kutsche, erreichten wir das Bürgerhaus. Wir bedankten uns bei Herrn Schauer für die Gastfreundlichkeit und die Hilfe unser Ziel zu erreichen. Er verabschiedete sich mit einem Kniebeuger und Handkuss bei Maria Karolina und machte sich mit seinem Ochsen samt Wagen stolz auf den Heimweg. Zuvor aber machte er einen Umweg zur Polizeistube beim Bürgermeister.

„Maria Karolina, ich schlage vor, dass wir unsere Smartphone-Fähigkeiten einsetzen. Es fällt mir zwar schwer, dich wieder nicht sehen zu können, aber jetzt bin ich beruhigt, denn wir wissen, wie der Zauber zu beenden ist..."

Trotzig unterbrach mich Peter: „Und ich kann mich wieder mit einem blinden Wesen abmühen, tu ich ja gern!"

„Liebe Maria Karolina, sprich mit mir, was erschreckt dich so an dem Gedanken zu verschwinden. Du siehst mich ja."

„Ok, Sebastian. Wenn es uns hilft, dann verschwinde ich halt. Aber wir müssen von diesem Gehsteig weg, rüber da zu dieser großen Lerche, da sieht unsere Zauberei niemand."

Die VIER folgten dem Ratschlag Maria Karolinas und begaben sich zur Lerche. Peter korrigierte: „Das ist eine Linde, Maria Karolina!"

„Aber eins noch, warum eigentlich Anna und ich? Du wurdest erst einmal verzaubert und Peter noch nie....?!"

Da niemand auf seine Frage antwortete, setzte Peter nach: „Das ist trotzdem eine Linde." Dann meinte er an Maria Karolina gewandt: „Ich müsste mich ja dann von einem Mädchen führen lassen!"

„Peter, eigentlich haben wir dieses komische Denken von dir doch überwunden, jetzt fängst du wieder damit an..."

„Aber ich will nicht, auf keinen Fall! Und meine liebe Anna nickte zuerst schon, stimmt´s Anna?"

„Ist schon gut, ich glaube der Peter hat Angst davor. Schön, dass du mal Schwäche zeigst. Ich mach das nicht ungern. Ist eine Herausforderung für mich und dann freu ich mich nachher umso mehr, wieder sehen zu können. Jetzt wissen wir ja die Zauberformeln."

„Dann also #.."

Peter wirkte nun etwas ungeduldig, als er etwas lauter fragte: „Ist das nun eine Lerche oder eine Linde?" Wieder beachtete ihn keiner.

„Hör auf du besserwisserischer Angsthase. Ich frag jetzt erst gar nicht, was deine Ausrede ist, Sebastian."

„Welche Ausrede? Ihre Hochwohlgeboren soll doch den Vortritt haben und bei solch diffizilen Aufgaben braucht´s richtige Frauen!"

Peter sprach nun wie zu sich selbst: „Lerche oder Linde, Linde oder Lerche..."

Maria Karolina ließ sich von seinen Fremdwörtern nicht

beeindrucken und machte eine Handbewegung, dass er sich beeilen solle. Peter wurde von allen Beteiligten ignoriert. Ich ließ das Handy zum Boden zeigen und tippte in mein Gerät #unheimlich. Maria Karolina stand direkt neben mir und die beiden anderen etwas entfernt. Im letzten Moment erinnerte ich mich daran, dass die Linse auf die Person zeigen sollte, auf die der Zauber wirken sollte. Also hob ich nach der Eingabe von #unheimlich das Handy und richtete es auf Maria Karolina, die mir aufmunternd zublinzelte, als ich ENTER drückte. Unter Nebel löste sie sich langsam auf, für die VIER bereits ein gewohntes Bild, bei dem niemand mehr erschreckte.

„Aber da sie nicht selbst das Marthone in der Hand hält..."

„Peter, das ist ein Smartphone - Smartfone!"

„Sei nicht so genau, dieses Ding also mit hat, müssen wir dann wieder eine Nirwanerin um Hilfe bitten!"

„Jaaaa, und jetzt tippe ich..."

Hartnäckig kam Peter wieder auf sein Thema zurück: „Lerche oder Linde, Linde oder Lerche, beide beginnen mit L, sind Bäume..."

„Anna, gleich geht's los, ich muss das Handy in die richtige Position bringen und noch ENTER drücken!"

„Juhu, ich glaub kein anderer Mensch freut sich, wenn er blind wird und nur gelbe Sachen sieht."

„Siehst du, Peter, das ist Mut. Du hast nur Bäume im Kopf. Das ist eine Tanne!"

Anna lief gleich mal durch die Lärche oder wie Peter meinte, Linde durch und schrie belustigt: „Und Gegenstände durchschreiten kann ich auch wieder!"

„Aber durch uns Menschen kommst du nicht, das kann nur Maria Karolina jetzt!"

Maria Karolina, die mittlerweile schon unsichtbar war, sah Anna amüsiert zu, denn sie konnte ja alle sehen, im Gegensatz zu der Zofe Anna.

„Die stößt sich bei der Lerchenlindentanne den Kopf an. Welcher Baum ist denn das nun wirklich, weißt du das Maria Karolina?"

Da wirkte Peter erleichtert: „Endlich nimmt mich jemand ernst! Linde oder Lerche oder Tanne oder... dann sollten wir aber endlich ins Bürgerhaus gehen!"

„Ich hab doch vorher gesagt, dass es eine Lärche ist, aber ehrlich gesagt, nervt mich eure Baumunterhaltung. Ja Peter, ab ins Bürgerhaus."

„Juhuu, eine Lärche, keine Lerche und keine - warum nervt dich das?"

„Peter, ignorier sie einfach, ihren trotzigen Gesichtsausdruck müssen wir ja jetzt nicht sehen!"

Maria Karolina lief rot an, aber wusste, dass das keiner sehen konnte. Deshalb übte sie sich im Schweigen und lief hinter den Dreien her. So betraten Peter, die „blinde" Anna und ich das Bürgerhaus. An einer so genannten Rezeption stand eine etwas kräftigere Dame. Sie erklärte uns, dass man sie Bürgerfrau nennt und sie hier die Herrin des Hauses ist. Sofort stellte sie uns barsch einige Fragen, unter anderem, ob wir auch vorhätten, in unserem Zimmer zu schlafen. Ich schaute Peter und Anna verdutzt an und verstand nicht, was die Bürgerfrau mit ihrer Frage meinte.

An meinem Blick musste sie erkannt haben, dass ihre Frage bei mir nicht angekommen ist. In einem breiten Dialekt erklärte sie:

„Najo, ihr miasts wissen, do gibt's Leid in mein Haus, de nehman se a Zimma, owa sand nia do. So ebas versteh i nit. Woa eher sarkastisch gmoat, verstehts es des? Des is mei Humor. Zum Beispü des Zimma im 1. Stock glei rechts, des hot a Monn vor a poa Monat scho gmietet, owa er is fost nia do. I moa für mi e nit schlecht, i griag jo mei Göd trotzdem, owa auskenna duat ma se do nimma!"

„Was meinte die Dame?", flüsterte mir die unsichtbare Maria Karolina ins Ohr.

Ich entschuldigte mich kurz, trat auf den Bürgersteig und sprach halblaut: „Es gibt Gäste, die ein Zimmer mieteten, das sie aber kaum benützen. Ein solches Zimmer wäre im ersten Stock rechts. Denkst du auch, was ich denke?"

„Das könnte zu einer Entführung passen, du hast recht!", bestätigte Maria Karolina während ich wieder in das Bürgerhaus trat.

Warum nahm also jemand ein Zimmer, wenn er selten da ist und es fast nie verwendet? Das machte mich schon etwas stutzig.

Nachdem wir die Bürgerfrau überzeugt hatten, dass uns die „blinde" Anna wirklich nicht sehen konnte, willigte sie ein, dass wir ein Zimmer zu dritt nehmen durften. Dies tat unserer Reisekassa gut und wir machten uns auf den Weg in den zweiten Stock.

Nachdem wir uns im Zimmer häuslich gemacht hatten, ließ ich Anna und Peter allein. Ich war durstig und wollte in der Bürgersstube etwas trinken. In der Gaststube befand sich nur ein weiterer Gast, der mit einem Essen beschäftigt war. Kaum hatte ich meinen Apfelsaft bestellt, meldete sich Maria Karolina:

„Wann wollen wir mit unserer Suche beginnen?"

„Ich denke, morgen in der Nacht!"

„Warum erst morgen in der Nacht?"

„Es gibt hier viele Zimmer, so haben wir in Ruhe Zeit, die Suche einzugrenzen!

„Du meinst, wir werden heute Nacht noch mit den Vorbereitungen beginnen? Wie sollen wir am besten vorgehen?"

Da trat ein Bediensteter heran und fragte: „Was meinten der Herr? Darf ich etwas kredenzen?"

„Ich sprach eigentlich nicht mit Ihnen."

Der Herr am Nachbartisch hob den Kopf und meinte: „Gschamsta Diener, Herr Ober. Ich denke, der junge Mann ist nicht ganz richtig im Kopf. Seit er sich gesetzt hat, spricht er mit dem Tisch!"

Ich wollte für Maria Karolina schon fast etwas bestellen, erinnerte mich aber dann wieder an ihre Unsichtbarkeit. Ich bemerkte jetzt erst, dass der einzige Gast in der Stube etwas verstört in meine Richtung blickte und auch der Wirt sah mich bei seiner Frage nach etwas zu trinken sehr skeptisch an.

Ich räusperte mich und flüsterte: „Hast du in deiner Unsichtbarkeit schon einmal versucht etwas zu essen oder zu trinken?"

Dabei schüttelte der Ober den Kopf und murmelte: „Wenn der gnädige Herr weiß, was der Tisch will, kann er mich ja wieder rufen!"

Dabei lächelte er vielsagend zu dem Herrn am Nachbartisch.

Mir war diese Situation unangenehm. Langsam schien mir, als wollte Maria Karolina sich aus der Situation einen Spaß machen. Da hörte ich sie halblaut sagen: „Jetzt stoße ich dich vom Sessel!" Dies dürfte ihr zu meinem Glück aber nicht gelingen.
„Bitte Maria Karolina, flüstere! Wenn der Mann am Nebentisch deine Stimme hört, weiß ich nicht, wie ich das erklären sollte - Bauchreden vielleicht?"

Nach einer Weile des Schweigens sprach ich: „Warum sprichst du nicht mehr mit mir?" Der Herr am Nebentisch meinte lächelnd: „Vielleicht ist der Tisch müde!"
Maria Karolina wirkte genervt, als sie sagte: „Sebastian, ich bin schon unsichtbar. Glaubst du, dass ich jetzt auch noch flüstere? Wahrscheinlich hören die mich doch eh nicht. Ich hätte gerne ein Glas Milch und Fleisch mit Kraut."
„Jetzt habe ich den Tisch auch gehört!", sagte der Mann erstaunt. „Wie machen Sie das nur?" Ich errötete und hätte Maria Karolinas Mund in diesem Moment am liebsten zugeklebt.

„Haben Sie denn noch nie einen sprechenden Tisch kennengelernt? Ich habe laut und deutlich meine Bestellung abgegeben. Was ist mit der Bedienung hier? Auch Tische sind hungrig. Ich möchte ein Glas Milch und Fleisch mit Kraut."
Jetzt legte ich meinen Kopf in beide Hände und biss auf meine Lippen, um nicht schreien zu können. Mit erstickter Stimme knurrte ich: „Gib endlich Ruh, du vorlautes Ding!"

Der Herr vom Nebentisch bemerkte besorgt: „Soll ich einen Arzt holen?"
Ich war nun völlig aufgelöst und sprach mit unsicherer Stimme: „Nein wissen Sie, ich übe für eine Vorstellung, ich bin nämlich Bauchredner."
Nun drehte sich auch der Ober hinter der Bar um und

blickte den Tisch sprachlos mit weit geöffnetem Mund an. „Fleisch mit Kraut und Milch, wünscht der Tisch, äh der Herr?"

Der Herr vom Nebentisch nickte mir zu: „Also das machen sie gut, junger Mann. Ich dachte, die Person sitzt direkt neben ihnen, so genau konnte ich Sie hören. Wo haben Sie denn Ihre Vorstellung?"

An einem deutlichen „Hihihi" erkannte ich, dass Maria Karolina die ganze Situation sehr erheiterte.

Der Herr erklärte meine Fähigkeiten dem Ober, während ich verzweifelt Richtung Tisch sprach: „Lieber Tisch, seit wann isst du Kraut?"

„Ich mag Kraut immer schon. Meine Mutter verbietet es uns am Hofe immer, weil sie sagt, dass man vom Kraut schrecklich pupsen muss und das gehöre sich für kaiserliche Töchter nicht. Puuuupsen- puuupsen... kennst du das Sebastian? Puuupsen-Sebastian, was ist denn los mit dir? Du wirkst so angespannt?"

Eine Welt brach für mich zusammen. Nun musste ich mich auch noch mit diesen gewöhnlichen, ordinären Ausdrücken schmücken. Ich blickte die beiden staunenden Herren mit hochrotem Gesicht kurzatmig an und stotterte: „Was schauen Sie so, meine Herrn. Der Tisch hat halt auch so seine Probleme." Da mussten die beiden Herren lachen, was die Situation für mich etwas entspannte.

„Wieso erzählst du dem Ober und deinem Tischnachbarn dass du ein Bauchredner bist? Man lügt Menschen nicht an."

„Soll ich sagen, dass ich mit einem Geist spreche, der puupst?"

Der Herr vom Nebentisch: „Was muht?" „Es buht jemand?", ergänzte fragend der Ober.

„Nein, mein Geist spinnt!!!"

„Herr Ober, wo ist denn jetzt mein Glas Milch? Ich glaube, Sie nehmen mich nicht ernst. Bestell für mich Sebastian. Ich möchte probieren, ob ich im unsichtbaren Zustand etwas zu mir nehmen kann."

Der Herr vom Nebentisch: „Herr Ober, der Tischgeist wünscht ein Glas Milch!" Ja und eine doppelte Portion Kraut mit jeder Menge Fleisch!" Der Ober bemerkte: „Das zahlen Sie oder der Tisch?"
„Natürlich zahlt Sebastian. Es zahlen doch immer die Männer, alles andere wäre beschämend, nicht wahr Sebastian?"

Ich ergab mich. Völlig losgelöst ließ ich alle Glieder hängen und nickte teilnahmslos. Es verging ein wenig Zeit, da kam der Ober aus der Küche zurück. Nun stand er da, in der rechten Hand hielt er ein Glas Milch und in der linken einen Teller mit viel Kraut. Fragend schaute er Sebastian an: „Wo soll ich das Ganze jetzt hinstellen?"
„Da neben mich. Der Tisch nimmt sich, wenn er Hunger hat."
Der Ober meinte halblaut, während er wieder in Richtung Küche abging: „Das macht er wirklich gut, wirklich gut. Man meint tatsächlich, da wäre eine andere Person."
Der Herr vom Nebentisch ergänzte sofort: „Ja, ja, wirklich wahr. Ich bin auch erstaunt."

Ich wandte mich an Beide mit erschöpfter Stimme: „Und jetzt meine Herrn, lassen sie mich bitte in Ruhe mit meinem Quälgeisttisch sprechen, JA?!"
„Ach du Armer, wächst dir die Situation etwa über den Kopf? Ich hatte großen Spaß dabei. Du musst lockerer werden mein Freund. Du denkst viel zu viel nach und machst dir zu viel daraus, was andere Menschen über dich denken. Kannst du mich füttern? Ich kann die Gabel ja nicht angreifen. Ich habe nun wirklich Hunger."
„Gerne füttere ich liebe Mädchen. Aber ob du eines bist, da bin ich mir nun nicht mehr so sicher."

Dabei ergriff ich die Gabel und kostete das wunderbar duftende Kraut. Da fiel mir ein, dass Maria Karolina ja durch keine Gegenstände durchgehen konnte, vielleicht könnte sie dann doch die Gabel ergreifen. Aber wenn sie die Gabel ergreift und diese beginnt zu schweben, dann lassen mich die Herren - der vom Nebentisch und der

Herr Ober - als Hexer einsperren. Ich beschloss meine Gedanken für mich zu behalten und wartete einmal auf die Antwort Maria Karolinas. Offensichtlich überlegte meine Partnerin, was sie tun sollte. Ich begann derweil vom Fleisch zu kosten.

„Na dann, los geht's. Mein Mund ist genau gegenüber von dir Sebastian. Ich werde dich hinlotsen. Du musst die Gabel mal in die Höhe deiner Schultern halten und in Richtung des Herrgottswinkels muss sie zeigen, da in die Ecke, kennst du dich aus?"
Maria Karolina hatte mich in so eine unangenehme Situation gebracht, ich wollte ihr nicht folgen. Außerdem hatte ich inzwischen richtig Appetit bekommen und begann weitere Stücke in meinen Mund zu schieben. Dabei bemerkte ich: „Siehst du lieber Quälgeisttisch, wenn man frech ist, kommt die Strafe!"
„Mein Mund ist geöffnet... UND ich sehe, dass du von meinem Essen kostest. Sag mal, was ist mit dir? Willst du jetzt Rache üben."
„Wer hat von meinem Tellerchen gegessen... Aber dieses Märchen lernst du erst in 100 Jahren kennen."
„Was in 100 Jahren?", fragte der Herr vom Nebentisch. Da wurde ich zornig: „Kümmern Sie sich um Ihren Tisch, der ist auch hungrig. Soll ich ihm was bestellen, Herr Ober?"
„Du isst von meinem Essen, das ärgert mich!", hörte ich mit bebender Stimme Maria Karolina sagen.

Ich bemerkte gar nicht, dass mir die Gabel aus der Hand gezogen wurde und fliegend auf die Seite bog. Ich war mit der Antwort auf Maria Karolinas Vorwurf beschäftigt, „Glaub mir, ich bin zum ersten Mal richtig genervt. Die Situation ist mir ja völlig entglitten. Und ja, da hast du einen Bissen Fleisch, wo ist gleich dein Mund?"

Der Mund blieb auch dem Herrn vom Nebentisch offen, als er so wie ich nun sah, dass mir die Gabel von Geisterhand entrissen worden war.

„Ja mein Lieber, ALLES kann ich selber. Ich bin nicht abhängig von dir. Da schaust du wohl?"

Maria Karolina schrie dem Ober zu: „Das Essen ist köstlich!" Sie nahm das Glas Milch in die Hand und machte einen großen Schluck. Der Gesichtsausdruck des Mannes am Nebentisch erstarrte und Maria Karolina flüsterte: „Jetzt schmeckt mir die Milch noch besser!" Der Mann sah wie ich nur das schwebende Glas.

Inzwischen kam der Ober und brachte eine weitere Portion Fleisch mit Kraut, die er zum Herrn auf den Nachbartisch stellte.

Dieser fragte erstaunt: „Das bestellte ich nicht!" Der Ober erwiderte genervt: „Aber der junge Herr rief doch vorhin laut nach einer weiteren Portion. Wer wird das nun bezahlen?" Drohend blickte er mich an.

Ich bemerkte an meinen Quälgeist gewandt: „Lieber Tisch, übernimmst du die Rechnung. Und natürlich kannst du alles selber. Aber gegenseitige Hilfe ist doch Ausdruck von Lie, äh Zuneigung, oder?"

„ ....mhmmmmm es war so lecker. Lassen wir den ganzen Zirkus. Es war wirklich amüsant und ich glaube die beiden Männer werden uns nicht vergessen- zumindest dich und den Tisch, hihihi... aber bevor die noch die Polizei rufen, sollten wir nun aufhören. Jeder Spaß hat einmal ein Ende- nicht wahr?"

„Herr Ober, ich übernehme die Rechnung. Lieber Herr, lassen Sie es sich schmecken!" Flüsternd ergänzte ich in Richtung Maria Karolina: „Ich hoffe, du hattest deinen Spaß!"

„Ach, jetzt spiel nicht den Beleidigten. Auch Spaß und

Neckereien sind doch Ausdruck von Lie, äh Zuneigung!"

Erleichtert vernahm ich die letzten Worte Maria Karolinas. Am liebsten hätte ich sie jetzt umarmt, dies ließ sich aber verständlicherweise nicht gut machen. Also zahlte ich und sprach zu den Anwesenden: „Ich verabschiede mich, denn ich gehe jetzt mit meinem Tisch zu Bett, gute Nacht, meine Herrn!"
Maria Karolina musste über Sebastians Verabschiedung lachen und dachte bei sich, dass sie seinen Humor wirklich sehr mochte.
„Maria Karolina, solltest du nicht in deinem Zimmer sein. Deine Mutter Kaiserin wäre nicht erfreut, dass du mit zwei jungen Männern in einem Raume weilst!", meinte ich scherzhaft in meinem Zimmer angekommen und auch, um zu hören, ob Maria Karolina da wäre. Schließlich konnten Menschen sie nicht sehen und durch sie hindurchgreifen und sie konnte ihrerseits keine Gegenstände und Lebewesen durchschreiten, wie das unsere „blinde" Anna beherrschte.

„Aber Sebastian, lass mich bei dir bleiben! Erstens ist meine Mutter weit weg, zweitens kann mich ja niemand sehen! Und ich schaue bestimmt weg, wenn du dich entkleidest. Außerdem habe ich aus einem Gespräch zwischen der Bürgersfrau und ihrem Gatten vernommen, dass es in der Nacht spuke, jedenfalls sei ein andauerndes Gewimmere und Gewinsel zu vernehmen! Ich würde dies alleine nicht lange aushalten!"
„Nun, lange kann es ja jetzt nicht mehr dauern. Wir beginnen morgen mit der Suche. Ich denke, dass der Täter Maria Antonia auch bald wieder frei lassen wird. Schließlich hat er ja sein Geld erhalten! Sicher haben wir Erfolg!", fügte ich noch hinzu, als ich Maria Karolinas Schluchzen hörte.
Das laute Klacken der großen Pendeluhr, die an der Wand neben dem Fenster hing, unterbrach regelmäßig die Stille. Wir schwiegen und lauschten. Bis jetzt war das Wimmern nicht zu vernehmen. Vielleicht würde das ja einmal eine ruhige Nacht.
Da - ein starkes Pochen an unserer Tür. Dumpf hallte das

Geräusch im Zimmer nach, wieder und wieder erfolgte das Klopfen, dann eine Stimme:

„Sebastian, Karolin, seid ihr da?" Erleichtert hörten wir die Stimme unseres Freundes Peter.

„Ja", riefen wir fast gleichzeitig und stürzten zur Tür. Peter teilte uns mit, dass er mit der Bürgersfrau nochmals über die Geräusche gesprochen hätte. Sie meinte, das würde von außen kommen, wir sollten uns keine Sorgen machen.

„Überraschung!", schrie Peter plötzlich und öffnete die Tür zum Gang. Er nahm einen Korb auf, den er offensichtlich vor seinem Eintreten dort platziert hatte. Auf unserem Tisch breitete er zwei große Teller mit gekochtem Gemüse und Obst aus. Wir ließen uns das Mahl gemeinsam schmecken.
Nach dem Essen lagen Peter und ich in unseren Betten, Anna lag an Peters Seite. Wo Maria Karolina lag, entzog sich meiner Kenntnis. Sie erwiderte auf meine diesbezügliche Frage nur, dass ich mir darüber keine Sorgen machen solle. Peter und ich starrten Löcher in die dunkle Decke.
„Könnt ihr auch nicht schlafen?", flüsterte Maria Karolina nach einiger Zeit. Ich teilte die Frage den anderen mit, die bejahten und ich schlug vor, uns gegenseitig gruselige Geschichten zu erzählen.
„Ich gestalte einen spannenden Teil, einen Höhepunkt, und du erzählst dann den Beginn, die Einleitung und den Schluss, als Personen kommen immer wir zwei vor, einverstanden?", fragte Maria Karolina.

Natürlich war ich einverstanden und so begann Maria Karolina:
„...Sebastian hörte plötzlich ein Knistern. Woher kam das? Wieder, ein leises Knacken, genau vor ihm. Die Dunkelheit wurde nur durch das matte Leuchten der Kerze erhellt. Er war sich nun sicher. Das Geräusch kam aus der Tür, die sich links neben ihm befand. Er ergriff den Türknopf und bewegte ihn vorsichtig nach unten. Die Tür klemmte, er stemmte sich mit aller Kraft dage-

gen. Da, ein Knall und die Tür schlug auf. Fast wäre er in den finsteren Raum gefallen. Klack, klack, klack, klack. So ertönte es immerfort aus der hinteren Ecke des Raums. Was konnte das sein? Bedrohlich erfüllte das Geräusch die Stille. Sebastians Herz raste, er begann zu schwitzen, als er langsam in Richtung des Klackens schlich. Klack, klack. Hörbar lauter und unheimlicher war der regelmäßige Ton zu vernehmen. Klack, klack. Sebastians Knie fingen an zu schlottern. Schwer atmend machte er noch einen Schritt und - stieß mit seinem Fuß gegen die Stehpenduluhr, die mit einem lauten Krachen und Poltern zur Seite kippte...“

Ich war wieder fast eingeschlafen, nur mit halbem Ohr vernahm ich die Geschichte. Beleidigt schwieg Maria Karolina. Zumindest Peter und Anna hörten ihre spannende Erzählung aufmerksam bis zum Schluss.

„Peter, ich sehe schräg unter uns gelben Stoff. Wir sollten nachschauen.“
„Anna, ich würde gerne nachsehen, das Gelbe, das du erblickt hast, könnte ja wieder etwas von Marie Antonia sein. Aber jetzt ist es im Stiegenhaus stockdunkel, die Kerzen sind noch nicht entzündet worden...“
Peter wollte Maria Karolina informieren und flüsterte:
„Maria Karolina, hörst du mich?“
Neugierig hörte ich dem Gespräch zu, meine Müdigkeit war verschwunden. Trotzdem stellte ich mich noch schlafend, ich wollte jetzt einfach nicht reden.
„Ja, Peter. Warum fragst du?“
Anna informierte flüsternd Maria Karolina: „Ich habe einen gelben Stoff entdeckt.“
„Anna konnte Gelbes entdecken, aber wo ist das eigentlich, Anna?“
„Da, schräg unter uns. Siehst du es? Ich kann dir leider nicht mehr Anleitung geben, denn ich seh ja sonst nichts.“
„Wir müssen leise sprechen, damit uns niemand hört, es könnte ja der Entführer in der Nähe sein und dann Verdacht schöpfen!“
Maria Karolina setzte sich auf und blickte sich um. Sie

sah im dunklen Raum einen Holzschrank in der Ecke stehen und schräg unter den liegenden Füßen von Anna lugte aus dem etwas geöffneten Schrank am Boden ein gelber Stoff heraus.

Ich stellte mich weiter schlafend und begann zu schnarchen.

„Na, Sebastian ist uns ja wieder eine große Hilfe. Ich glaube, der könnte auch schlafen, wenn nebenbei eine Bombe einschlagen würde."

Anna zu Peter und Maria Karolina: „Seht ihr etwas?"

„Ich werde Sebastian einmal ganz leicht schubsen." Er wollte gerade ausholen, als ich mich aufgerichtet hatte. Da erklang plötzlich eine Stimme, die uns bekannt vorkam. Ich hörte die letzte Frage und antwortete allen verschlafen: „Ich sehe nur schwarz, aber ich höre etwas!"

„Hört denn niemand von euch die Stimme, Anna wo läufst du hin?"

Peter sprang von seiner Schlafstätte wie ein aufgescheuchtes Huhn auf und wollte Anna nachlaufen, die eben die erste Wand erreichte...

„Ich kenne mich jetzt gar nicht mehr aus. Zuerst sieht sie etwas, will wissen, was es ist und dann läuft sie davon? Was ist hier los?"

Maria Karolina und ich blieben ratlos im Raum zurück.

Ich rollte mich wieder zur Seite. „Für heute ist´s für mich genug!", murmelte ich und versuchte die Augen zu schließen. Peter aber sah seine liebe Anna durch die Wand marschieren. Er wollte sie halten, lief ihr nach, bremste nicht rechtzeitig vor der Wand und -

„Oh Gott, Sebastian, Peter ist mit vollem Schwung an die Wand gerannt. Der hat sich sicher verletzt. Peter!!! Hast du dir weh getan?!"

Peter antwortete nicht, richtete sich auf und verschwand schnell durch die Türe. Wie ein Mehlsack war Peter zu Boden geplumpst, bevor er weglief. Da hätten sie vorhin auch laut sprechen können, dachte ich mir und drehte mich zur anderen Seite.

Scheinheilig fragte ich: „Peter, wie geht´s?" Ich tat so, als hätte ich sein Weglaufen nicht bemerkt.

„Sebastian, zu spät. Der rannte gerade wie ein aufgescheuchtes Huhn durch die Türe raus. Der versucht sicher Anna nachzulaufen."

Ich richtete mich überrascht auf. „Würdest du mir auch nachlaufen?"

„Natürlich du verrückter Zeitreisender."

Peter lief in der Zwischenzeit über den langen Gang und konnte durch offen stehende Zimmertüren in manchen Räumen Anna sehen, die durch alle Wände rannte. Plötzlich machte sich vor ihm eine Nebelschwade auf und er musste stehen bleiben. Peter sah, wie sich aus den Schwaden eine weibliche Gestalt löste. Da erkannte er sie an ihrer leuchtenden Kleidung. „Thera, du? Hilf mir, bitte. Anna läuft weg, sie könnte sich verirren, verletzen, nicht wieder zu uns finden, hilf, bitte!"

Peter schluckte dabei und wischte sich Tränen aus seinen Augen.

„Peter, sorge dich nicht! Wir nahmen Anna auf, sie ist bei uns in guten Händen!" Peter bat nochmals schluchzend: „Thera, bring Anna wieder zurück. Wir brauchen sie, sie braucht uns. Warum hast du sie entführt?"

„Das Sehen ist begrenzt, das Blinde greift die Ewigkeit! Anna wird gleich an die Türe klopfen, sei unbesorgt! Sie wird euch noch eine große Hilfe sein.

Damit dies auch gelinge, bedenke:
„Wer sieht, der geht begrenzte Wege. Wer blind begreift, erkennt die Grenzen. Wer sehend blind begreift, bewegt die Grenzen.

Ich, Thera, kämpfe hier seit ew'gen Zeiten in Nirwanas Nirgendland,
die Starknirwanafee werd ich genannt,
und geb euch Anna sehend blind bewegt begreifend wieder!!

Ihr kennt mich schon, ich komme gleich zur Sache:
Aus Nirwanaland wird Anna neu sogleich entlassen,
wenn ihr ein Wörter-Rätsel löst,
ein Rätsel, welches Anna und euch hilft, Marie-Antonia zu finden.

Löst ihr dieses Rätsel, so habt ihr eine Zahl zur Hand,
sie soll im Buch des Lebens euer VIER die nächste Seite sein,
auf der erzählt wird dann von euren weiteren Taten.

Nun gebt gut Acht, hier euer Rätsel:
Partizipien sind jetzt gefragt und deren gibt es zwei.
Zu jedem Verb kannst du sie bilden,
die Nummer 1 wird Partizip Präsens auch genannt
und erhält drei Buchstaben als Endung.
Als Adjektiv vor Nomen wird es gerne dann verwendet.
Die Nummer 2 als Partizip Perfekt ist uns bekannt,
und macht mit sein und haben die Vergangenheit.
Dies Verb erhält zwei Buchstaben am Anfang eines Verbs.
Nun heißt es rechnen, wir ordnen Zahlen zu dem Alphabet:
An erster Stelle steht das A im Alphabet und bekommt somit die 1,
das B mit 2 an zweiter Stelle ist zu finden, ein „e" hat beispielsweise 5.
Nun such die Zahlen, die sich aus den Buchstaben
der zugefügten Teile der Partizipien 1 und 2 ergeben und addiere sie.

Und vom Ergebnis zählt ihr noch die aktuelle Zauberzahl 30 weg.
Jetzt dürft ihr zum Kapitel blättern – doch:

Vergiss den Zauberspruch nicht laut zu sprechen,
wenn ihr im Buch des Lebens nach dem Kapitel sucht:

**Raum zu Raum und Zeit zu Zeit und Sicht zu Sicht,
nur wer das Rätsel löst,
den Zauber bricht."**

4: Herzensleid

Ich wollte eben das Gartenhäuschen betreten, als ich Peter und Maria Karolina am Tisch sitzen sah. Ich stoppte und lauschte neugierig ihrem Gespräch. Dabei blickte ich durch einen Türspalt auf die Beiden.

Peter schnitt sich ein Stück Brot vom Laib und löffelte an einem Teller Suppe. Er blickte Maria Karolina fragend an: „Verstehst du das mit dem Handy eigentlich? Wie sagte Sebastian, damit kann er in seiner Zeit teleportieren, oder so ähnlich! Vielleicht sollten wir das Ding einmal aufmachen und nachschauen, was da drinnen ist. Maria Karolina iss nicht so viel, antworte mir endlich!"
„Reich mir mal bitte das Butterschmalz bevor du vor lauter Begeisterung auf das Frühstück vergisst."
„Bitte sehr, das Butterschmalz, vom feinsten, darf ich noch was kredenzen?"
„Mit vollem Munde spricht man nicht. Das hat mir meine Mutter so lange eingetrichtert, dass ich mich mittlerweile streng an diese Regel halte, obwohl ich ja eigentlich diese Sittenregeln ablehne. Nein danke. Also nun zu diesem Smartphone...Ich hab das auch schon oft gedacht, wie wohl so ein Handy funktioniert und von innen aussieht. Auf diese Frage hat mir Sebastian schon einmal eine Erklärung abgeliefert- irgendwas mit Funkwellen und Strahlungen... keine Ahnung, hab's echt nicht verstanden."

„Ob das nicht auch Zauberei ist, vielleicht stecken die Nirwanerinnen dahinter!?"

„Hast du mit ihm auch schon mal über die Begriffe „Zug" und „Auto" gesprochen? Für mich gibt es da noch so viele ungeklärte Fragen zu seiner Zeit. Was ist das alles genau und wie sieht Sebastians Welt aus? Das frag ich mich oft vor dem Einschlafen, seit er bei uns aufgetaucht ist."

„Ja, einmal erwähnte er, dass sie Fahrzeuge hätten, die von keinem Lebewesen gezogen würden, verrückt!"

„Hmm, da könntest du Recht haben. Aber Sebastian hat für all diese Dinge immer eine Erklärung, auch wenn sie nicht immer logisch klingt - für uns zumindest. Das wird er sich doch nicht ausdenken, oder?"

„Naja, das weiß ich auch nicht. Aber ich versuche ihm zu glauben. Und wenn das mit dem Zug oder Auto stimmt, dann stelle ich mir folgende Frage: Wenn ich einen Ochsen vor den Karren spanne, kann ich ihn mit BRRRR stoppen, was sage ich denn zu so einem Fahrzeug, ob mich das auch hören kann? Dieses Gartenhäuschen ist wirklich gemütlich, ich freue mich immer, wenn wir zusammen frühstücken, Maria Karolina. Willst du noch Suppe?"

„Das klingt alles so verrückt. Vielleicht sind wir Glückspilze, dass wir wirklich durch Sebastian von der Zukunft erfahren. Dinge, die wir sonst niemals in Erfahrung bringen würden.Ja, das war wieder eine gute Idee von dir Peter. Du bringst dich bei unseren Abenteuern der „VIER Spürnasen" auch wirklich immer gut ein. Nein danke. Ich mag lieber noch ein Frühstücksei."

„Machen wir ein Gedankenspiel, du möchtest mich besuchen und wohnst am anderen Ende der Stadt. Dann gehst du zu dem Handy und teleperforierst mit mir. Dann..."

„Was redest du?! Teleperforierst? Ich kann dir nicht folgen lieber Peter... Ah, hihihi, du meinst wohl TELEFONIERST...Das kommt eben vom Telefon... das ist das Verb dazu."

„Ist schon recht, wenn man durch das Handyding mit jemandem spricht. Jetzt sprechen wir und vereinbaren, dass wir uns treffen wollen."

„Aber Sebastian hat gesagt, dass dazu jeder, der spricht, so ein Handy braucht. Ansonsten funktioniert das gar nicht."

„Ok, sei nicht so genau. Also ich habe auch so ein Telefonierding. Ich nehme es und sage: Liebe Maria Karolina, hätten Sie die Güte, sich mit mir zu treffen. Und schon höre ich dich, obwohl du meilenweit weg bist! Wenn das nicht Zauberei ist!!"

„Aber mir wird auch etwas mulmig zumute, wenn er erzählt, dass sein Lieblingshobby zu Hause Spiele spielen auf der X-Box ist. Bitte, was soll das sein? Er sagt, dass er dazu keine Freunde braucht und er kann im Bett liegen und muss nur seine Finger bewegen. Mensch Peter, ich sitz ja schon mit dir beim Frühstück, warum möchtest du denn das jetzt spielen? Ich hasse Rollenspiele, ganz ehrlich. Mach das mit Anna."

„Ja, aber das ist doch interessant. In der Zukunft leben, eins noch, bevor du in die komische Zugapparatur steigst: Dann musst du dich ja vorerst einmal anziehen, du ziehst dann diese komischen blauen Hosen an. Sebastian erzählte mir, dass auch Mädchen und Frauen Hosen tragen, schrecklich und wie unbequem für euch!"

„Das find ich total ´cool´, wie Sebastian immer sagt!!!! Dann muss ich beim Reiten nicht extra diesen dämlichen Damensitz machen, kann auf Bäume klettern und mich viel freier bewegen. Aber was mir dabei einfällt... wie weiß ich denn, dass du mit mir telefonierst und wie kann ich bestimmte Menschen auf ihrem Handy erreichen? Wie funktioniert das, dass ich genau dich am Handy habe?"

Peter rümpfte die Nase und ermahnte Maria Karolina, dass sie schon so rede wie Sebastian.Ich betrat nun scheinbar fröhlich aber leise das Gartenhäuschen. Die Beiden bemerkten mich immer noch nicht, sodass ich in der Tür stehen blieb und weiter beobachtete.

Peter: „Beim Telehandinieren muss man vielleicht laut den Namen des anderen sagen, z.B:..." Peter hob seine Hand zu seinem Mund und hauchte in seine geschlossenen Finger: „...Maria Karolina!"

Mir gefiel dieses Gespräch und ihr Spiel gar nicht, meine Stimmung sank. Peter sollte sich um seine Anna kümmern, nicht um meine Maria Karolina. Dass wir ein Team sind, ist mir jetzt ganz egal. Wie kann ich dieses vertraute Gespräch nur umdrehen. Unerhört, die beiden!

„Jetzt sei doch nicht albern, Peter. Ich mag Sebastian halt und finde auch seine Ausdrücke aus der Zukunft super. Die sind oft viel kürzer, mit lässigem Dialekt. Nicht so gehoben und oft umständlich wie unsere Sprache. Würde dir auch gut stehen, ein lässigerer Sprachstil. Und, glaubst du, dass das Handy dann wüsste, dass es mich kontaktieren soll? Hm?! Fraglich."

Peter meinte an Maria Karolina gewandt: „Nun gehst du mit blauen Hosen und einem Smarthandy aus dem Haus und steigst in eine Zugmaschine, die kein Pferd zieht."

„Ja, so könnte es sein. Aber egal, wie viel ich nachdenke, ich komme auf keine Lösung. Vielleicht kann es denken, das Handy....So gut wie wir zwei Superhirne. Hihihi! Nein Peter, im Ernst. Es freut mich wirklich sehr, mit dir Mitglied bei den Sprungnasenzu sein."

„Ja, wenn die Maschinen ohne Pferd fahren, dann weiß das Handphone vielleicht ohne Körperkontakt, wen es ansprechen soll."

Ich dachte erschreckt: „Körperkontakt, seid ihr denn von allen Geistern verlassen, jetzt mach ich das Ganze ungeschehen und tipp #ungesch..."

„Aber wie denn sonst als mit Körperkontakt?! Vielleicht durch Codenamen? Wie Bärli, Schatzi, Gentleman?"

Da wurde ich eifersüchtig und sprach laut: „Grrr, das hätte ich nicht von dir gedacht, Maria Karolina. Ist dir Peter lieber als ich? Ist er schon dein Bärli, dein Schatzi, nein! So jetzt noch das Wort mit -ehen- zu Ende tippen und drücken, dann seid ihr weg, oder auch nicht, oder..."

„Warum stehst du in der Tür, Sebastian?", sprach Anna von mir unbemerkt gekommen und drückte mich nun in den Raum.

Dabei drückte ich das fehlende –n. Sogleich wurde es neblig. Wir VIER blickten überrascht in die Mitte des Raumes. Dort tauchte aus dem Dunkeln eine gelb gekleidete Nirwanerin auf.

„Hesia ist mein Name, ich bewahre das Gute und Schöne.
Sebastian, nimm deine Kraft zum Suchen, die Eifersucht
steht dir nicht gut. Ihr Alle solltet nicht den Mut verlieren.
Für eure nächsten Ziele gilt: Beherbergt wird man hier
und auch versorgt, gar viele Leute gehen ein und aus, es
wird gebetet und gesungen…"

Kaum war ihre Stimme verklungen, löste sich die Figur
wieder im Nebel auf, der ebenfalls bald verschwand.
Die drei der Detektei begannen zu rätseln, sie konnten
nicht wissen, was ich geschrieben und gedrückt hatte.
Ich ignorierte Maria Karolina und wandte mich an Peter
und Anna:„Ich bin der Täter. Ich schrieb #ungeschehen,
das lockte die Nirwanerin hervor, find ich prima!"
An Peter gerichtet ergänzte ich noch: „Wir sollten also
Orte suchen, die beherbergen und versorgen - NEIN und
eifersüchtig bin ich nicht, liebe Hesia!" Ich blickte mit
glasigen Augen an Peter vorbei zu einer unsichtbaren
Hesia.

„Warum hast du denn ausgerechnet #ungeschehen eingetippt, Sebastian?"
„Ich wollte nicht, dass du dich mit einem Bären zur
Schatz-Suche triffst…!"
Anna wollte die Situation beruhigen und sprach: „Ich
freu mich so, dass ich euch wieder sehen kann. Obwohl
mir diese Blicke nicht alle abgegangen sind, wenn ich
jetzt so in die Runde schaue."
„Bären?! Schatzsuche? Was redest du denn da schon
wieder? Und warum schaust du mich beim Sprechen
nicht mehr an? Sebastian, ich mach mir wirklich Sorgen
um dich. Was ist denn mit dir?"

„Hatte Hesia denn recht, lieber Sebastian, du wirst doch
nicht eifersüchtig sein?" Ich errötete, wusste schon nicht
mehr, wen ich jetzt anblicken sollte. Da sprach ich zu
Anna: „Wir sollten an ein Gasthaus denken, da gehen
viele Leute aus und ein…"
„Lasst es gut sein Kinder. Ich als die Älteste der Sprung-

nasengebe euch den Rat, euch nicht in alles im Leben so reinzusteigern. Es gibt manchmal Situationen, die erscheinen anders als sie eigentlich sind, und ich begrüße es immer, einfach ehrlich über alles zu sprechen. Und naja, dass eine Liebe vielleicht nicht immer selbstverständlicher Weise erwidert wird, davon kann ich euch ein Liedchen singen...."

Anna räusperte sich erschrocken über ihre Offenheit und fuhr schnell fort: „Zurück zum Wesentlichen... ja Sebastian, es gehen Leute ein und aus in einem Gasthaus und es wird dort auch des Öfteren vor dem Essen gebetet und oft gesungen."

Ich erwiderte trotzig: „ICH liebe niemanden! ICH liebe mein Zuhause und in das komm ich ja wahrscheinlich nie wieder. Kein fernsehen, kein Computer spielen aber nach einer Verschwundenen suchen, mir bleibt auch nichts erspart. Naja, mach ich ja eh nicht ungern!"

„Du hast Recht Anna, mir fällt da das Gasthaus Pfarrwirt ein. Da seid ihr doch öfters mit eurer Dienerschaft gewesen, Maria Karolina, oder?"

Maria Karolina war nun auch endlich wieder ruhig geworden nach Annas Worten. Sie wollte sich nicht mehr zu dem Vorgefallenen äußern, sie dachte wieder an ihre Schwester und teilte ihre Meinung mit: „Ja Peter, genau. Das muss es sein. Es muss irgendwie in Verbindung mit Maria Antonia stehen und das tut der Pfarrwirt. Da gibt es die besten Fleischknödel, ihre Lieblingsspeise."

„Das kann ich bestätigen. Ich war auch öfter dabei. Aber es fallen mir noch andere Orte ein, die auf die Erklärung der Nirwanerin passen könnten."

„Ja, welche Orte Anna? Maria Karolina, kennst du auch Orte, an denen gesungen und beherbergt wird und die deine Schwester besuchte?"

„Zum Beispiel das Palais in Eisenstadt, das ist die kaiserliche Verbindung. Des Öfteren musste ich die Kaiserin dorthin als ihre Hofzofe begleiten. Ich konnte Haydn singen hören und viele Menschen beten auch dort. Ein und aus gehen viele Freunde und Angestellte...."

„Dann hätten wir jetzt schon zwei Orte, die wir aufsuchen können und sollten!"

„Nun fällt auch mir noch etwas ein. Oft war unsere Familie im Bürgerhaus, eine Herberge im Ort. Meine Mutter die Kaiserin nützte diesen Ort um mit dem Volk in Verbindung zu treten und sich ein Bild von ihrer Stimmung und ihren Sorgen zu machen. Oft beteten wir zusammen, dass der Krieg bald vorbei sein mag und einige der Menschen, die dort Herberge suchten, musizierten für uns."
Peter: „Du meinst das Haus in Klosterneuburg?"
„Ach ja, genau. Wäre wohl eine wichtige Info für euch, hihihi."

Ich hatte meine Eifersucht überwunden und meinte nun wieder mutig: „Du bist die Beste, Maria Karolina. Dann hätten wir nun das Gasthaus Pfarrwirt, das Schloss Esterhazy in Eisenstadt und das Bürgerhaus in Klosterneuburg. Womit fangen wir an, liebe Spürnasen?"
Ich blickte Maria Karolina ehrlich und aufrichtig an. Sie war sehr erleichtert, dass nun diese komische Spannung zwischen uns wieder weg war.
„Ich schlage das Gasthaus Pfarrwirt vor."

„Ich würde mit Klosterneuburg beginnen, was denken die Damen?"
„Da wir wirklich oft mit Maria-Antonia in Eisenstadt waren, würde ich mit diesem Ort beginnen. Und ihr werdet staunen, wie schön das Schloss Esterházy ist", antwortet Maria Karolina.
„Check!", rief ich und wir verabschiedeten uns. Beim Hinausgehen ergriff ich die Hand Maria Karolinas und flüsterte ihr leise zu: „Entschuldige mein beleidigtes Verhalten. Ich bin hier so allein und du bist die erste Person, die ich hier traf, und die wichtigste Vertraute. Ich hoffe, dass du mir nicht bös bist, wegen meinem Eifer... na du weißt schon ... Verhalten."
Abfahrt sollte „in aller Früh" sein, ich fragte nun nicht mehr nach, wann das sein sollte. Die Zeitmessung schien noch nicht so exakt wie in unserem Jahrhundert zu sein.

Diese elende Rumplerei! So eine Kutschenfahrt war für mich die Hölle! Aber meiner Begleiterin, Maria Karolina, schien das zu gefallen. Sie saß mir gegenüber und grinste und lachte über ihr helles Gesicht: „Sieh nur, Sebastian, ein Reh, und dort – die vielen Bauern beim Heu machen. Wenn nur meine Schwester nicht verschwunden wäre!" Maria Karolina lehnte sich weit aus dem Fenster des rumpelnden Wagens. Die Straßen waren zu dieser Zeit eher eine Sammlung aus Schlaglöchern durchsät mit Pfützen, Kot und feuchtem Dreck. Auch bei größter Aufmerksamkeit des Kutschers fielen immer wieder Räder in größere Löcher oder stießen gegen Steine. So wie in dem Augenblick, als Maria Karolina gerade auf das Reh zeigte. Da verlor sie das Gleichgewicht. Ein lauter Schrei, ein Fenster kurz gefüllt mit ihrem bauschigen Rock und schon war sie weg.

Meine Hand griff nicht ganz ins Leere. Ich erfasste gerade noch einen ihrer Schnürschuhe und hielt diesen fest. Den dürfte sie aber nicht geschnürt haben, ich fiel mit dem Schuh in der Hand ans andere Ende der Kutsche, während Maria Karolina aus dem Fenster verschwand. Als ich gegen die Wand der Kutsche prallte, gab die Türe dieser Seite nach, öffnete sich und – Mit einem Schrei, der jenem von Maria Karolina um nichts nachstand, fiel ich in die Tiefe. Mein Aufprall wurde durch matschiges Erdreich ein wenig gedämmt. Die Hinterräder der Kutsche rasselten an meinem Kopf vorbei. Ich rollte mich zur Seite und erblickte den hellen Rock meiner Begleiterin, die sich auf der gegenüberliegenden Seite hochrappelte. „Sebastian, Achtung, da kommt die Kutsche mit Peter und Anna! Roll dich zur Seite!"

Da sah ich das Pferdegespann, keinen Meter von mir entfernt. Der Kutscher war damit beschäftigt, die Pferde zu bändigen. Dies gelang ihm allerdings nicht sehr gut. Eines der Pferde bäumte sich bei meinem abrupten Aufstehversuch auf, das andere wollte galoppieren und schon schwankte und wankte der Wagen in alle Richtungen. Nun schrien auch Peter und Anna in tiefster Todesangst. Wenn das nur gut ging. Die Kutsche war nun zum Greifen nahe und intuitiv ohne Nachzudenken ergriff ich die Zügel des sich bäumenden Pferdes. Es riss mich hoch, ich ließ nicht los. Der Kutscher brüllte, Peter und Anna kreischten und Maria Karolina entledigte sich ihres noch am Fuß befindlichen Schuhwerks, stürmte zum anderen Pferd und schwang sich mit Eleganz auf den Rücken des Tieres. Auf diese Weise konnte sie schließlich das Gespann zur Ruhe bringen. Ich war erstaunt und überrascht über die Fähigkeiten meiner Maria Karolina. Sie sah meinen zitternden Körper und meinen fragenden Blick: „Als Kaiserin-Tochter wird man schon in frühen Jahren im Umgang mit Pferden geschult. Das gibt's in deinem Jahrhundert nicht, stimmts?"

„Natürlich nicht, bei uns kennt man Pferde nur mehr aus dem Zoo, oder im Stadtzentrum, für Rundfahrten... Naja, stimmt nicht ganz. Unsere Bauern haben oftmals auch noch Pferde!"

„Was seid ihr nur für arme Menschen!"

Das gefiel mir nun wieder nicht und ich entgegnete: „Dafür fahren wir Rad und machen mit 17 den Führerschein!"

„Führerschein? Rad? Na ja, das kannst du mir später erklären. Nun hilf mir meine Schuhe zu finden und lass uns gegenseitig den Schmutz aus den Kleidern klopfen."

Gesagt, getan. Die Fahrt ging dann in gewohnter Weise weiter.

In der Ferne erblickte ich nun eine Stadt – Eisenstadt. Wie klein die doch damals noch war und wie ungewohnt das Bild vom Schloss Esterhazy. Wir stiegen beim Schloss aus, um in die kleine Stadt zu wandern. Vorerst aber begrüßten wir Peter und Anna, die über unser heil überstandenes Missgeschick sehr erleichtert waren. Maria

Karolin kannte natürlich den Schossherrn, Paul II. Anton
Esterhazy.

Der alte Herr trug seinen Dienern auf, uns zur Familie
Schweifer zu führen, damit wir uns dort stärken konnten. So gingen wir geführt durch die Diener Esterhazys
die Hauptstraße Richtung Klostergasse entlang, vorbei
an der neuen Apotheke „Zur goldenen Krone", untertänigst gegrüßt von der vorbei eilenden Bevölkerung.
In der Klostergasse 82 gleich neben der Wassergasse
möchte der Kapellmeister Joseph Haydn eine Wohnung
erwerben, erzählte mir Maria Karolina.

Woher sie das schon wieder wusste, aber die adeligen
Kreise sind wahrscheinlich die Smartphones der Neu-
zeit! Joseph Haydn – ich staunte, als ich das hörte. In der
Schule lernte ich erst vor kurzem über den berühmten
Komponisten, der auch einen Bruder in Salzburg hat!
Gerne würde ich Joseph Haydn kennen lernen!

Nach dem Abendessen begleitete uns Frau Schweifer
zurück ins Schloss. Da standen wir nun in den riesigen
Räumen des Schlosses und bewunderten die Wandge-
mälde. „Schaut euch nur um", meinte der Hausherr Esterhazy Paul II., was wir nun auch gründlich taten. Besonders meine Begleiterin Maria Karolina stellte sich als
sehr neugierig heraus und steckte ihre Nase in jede noch
so kleine Kammer…

Wir betraten auch die Kammer Haydns, der HerrHofka-
pellmeisters des Grafen Esterhazy war.

Da fand ich eine Notiz, offenbar in großer Eile aufge-
zeichnet:
*Wohnung: Da ist die kleine Kuchl zwischen vorbesagt
beiden Zimmern mit einem kleinen Fenster in das Wassergassl 33.*
*Neben dem Raum ist daran ein gewölbtes Speißkam-
merl, gepflastert mit steinernen Platten, hat 1 Fenster
in das Wassergassl, es gibt eine Tür vom Zimmer hinein,
und ein Tor außen vom Hof hinein. Diese Speiß ist leider
sehr nass.*
*Dahinter neben dem erst besagten Speißkammerl ist ein
kleines Holzgewölb...*
*Die finstere kleine Kuchl hat so gar kein Licht, aber einen
kleinen Ofen und einen großenTisch aus dunklemHolz
mit 2 kaputtenSesseln. Trotzdem hätte ich diese Wohnung gern!*

Jeder von uns war mit dem Bewundern der schönen
Räume beschäftigt und betrachtete etwas anderes genauer: Maria Karolina ein Sofa, Anna einen edlen Wandbehang mit aufgestickten Dschungelmotiven, seltsamen
Tieren und Pflanzen. Peter saß auf dem Boden und strich
mit den Händen über die Einlegearbeiten, die den Boden des Raums zierten. Maria Karolina ließ sich auf dem
edlen alten Sofa nieder.
Wir waren wohl alle eine Zeit lang sehr in unsere Gedanken vertieft. „Maria Karolina, es ist schon dunkel draußen. Wir sollten mit der Kutsche zurück nach Wien fahren", teilte ich meiner adeligen Freundin mit und blickte
zu Anna und Peter. Sie hopste vom Sofa, Peter schwang
sich vom Boden und Anna schritt vom Wandbehang in
meine Richtung. Schließlich gingen wir gemeinsam ans
Ende des großen Raumes und ich wollte die Tür öffnen,
aber was war das?
Sie ließ sich nicht öffnen. Immer wieder probiere ich die
goldene Türklinke zu betätigen, doch es half alles nichts.
„Du hast zu wenig Knödel gegessen und bist daher zu
schwach", meinte Maria Karolina und versuchte auch,

die Tür zu öffnen. Umsonst. Ebenso erging es Peter und Anna.

„Die Kammerzofen müssen bereits für die Nachtruhe ihren Kontrollgang gemacht haben. Sie dürften uns nicht bemerkt haben und versperrten alle Türen!", erklärte mir Maria Karolina.

„Komische Angewohnheit!", dachte ich und sprach es laut aus. „Warum müssen in der Nacht alle Räume zugesperrt werden?"

„Dies ist in allen Schlössern der Brauch. Denn es könnte ja sein, dass man durch die Größe unserer Gebäude in der Nacht die Eindringlinge nicht hört oder sogar jemand von den vielen Bediensteten sich mit königlichem Eigentum bereichern will. Eine reine Vorsichtsmaßnahme!"

Dies bestätigte wieder meine Meinung, dass ich in keinem Schloss würde wohnen wollen, auch wenn ich es im Moment musste.

„Und wann sperren die die Räume wieder auf?", fragte Peter, dem diese Angewohnheit auch nicht geläufig schien.

Ich befürchtete die folgende Antwort Maria Karolinas: „In den frühen Morgenstunden machen sie wieder einen Kontrollgang, bei dem diese leer stehenden Zimmer aufgesperrt werden. Vor den bewohnten Zimmern, stehen sowieso immer Wachen."

„Schreien, rufen, brüllen!", meinte Peter und Anna begann sogleich: „HILFE, HILFE, HILFE!"
„Dein oder unser Rufen wird nichts nützen, weil wir uns im Westtrakt befinden – und der wird derzeit kaum genützt. Dahinter ist Wiese, die Mauern sind dick und niemand kann uns hören!"
„Aber die beiden Kutscher werden uns doch vermissen!"
„Für die Kutscher war mit Fahrtende auch ihr Dienst zu Ende. Die sitzen sicher bei einem Wirt und trinken Wein."
„Dann wird uns Esterhaszy vermissen!", warf Anna mit zitternder Stimme ein.
„Leider nein, ich sagte ihm, dass wir im Osttrakt schlafen würden. Dort richteten die Diener Zimmer für uns her."
„Na also, dann werden wir den Dienern abgehen und sie werden uns suchen!"
„Ich muss dich enttäuschen, lieber Sebastian. Ich teilte den Dienern mit, dass niemand auf uns warten solle. Wir kämen schon alleine zurecht!"
Jetzt schrie Peter wieder aus Leibeskräften: „HILFE, HILFE, HILFE!"
Wir stimmten trotz den abschlägigen Worten von Maria Karolina in den Chor der einsamen Herzen: „HILFE, ist da jemand?"
Unser Schreien blieb unerhört, wir mussten uns mit dem Schicksal abfinden.
Somit war für uns allen klar, dass wir wohl oder übel die Nacht hier verbringen müssten. Wir machten das Beste daraus und breiteten uns auf dem edlen Teppich am Boden aus. Eine Weile sprachen wir noch über den derzeitigen Stand der Hinweise auf den Entführungsort von Maria Karolina.
Maria Karolina erzählte noch ein wenig über ihre Mutter. Für mich eine Gute-Nacht-Geschichte. Ich fand das nicht besonders aufregend und dürfte in der Hälfte der Erzählung eingeschlafen sein.
„Die Kaiserin Maria Theresia wurde am 13. Mai 1717 in Wien geboren. Sie ist eine der bedeutendsten Herrscherinnen des aufgeklärten Absolutismus und die einzige Kaiserin der Habsburgerfamilie. Da ihre Eltern keinen königlichen Thronfolger bekamen, übernahm sie nach dem Tod meines Großvaters Karl die Regierung. Meine Mutter

ist eine sehr ehrgeizige Frau, die sich für viele neue gute Reformen für uns Untertanen einsetzt, z.B.: die Schulreform – siehst du Sebastian, du fragtest im Wienerwald nach den guten Taten meiner Mutter – Sebastian – ach Gott, der schläft ja schon. Na dann hört ihr mir weiter zu, Peter und Anna. Meine Mutter ist eine strenggläubige Katholikin und kann andere Religionen nicht akzeptieren. Sie führt eine glückliche Ehe mit meinem Vater, Franz Stephan von Lothringen und gemeinsam haben sie 16 Kinder, wobei nicht alle die Geburt überlebten. Kaiserin-Mutter ist eine sehr strenge Mutter, aber liebt ihre Kinder und ihren Ehemann Franz Stephan über alles."

Peter begann leicht zu schnarchen, lediglich Anna blinzelte noch in Richtung Maria Karolina. Die war in Fahrt geraten und ließ sich auch durch ihre wegschlafenden Zuhörer nicht weiter ablenken. Voller Elan fuhr sie in ihrer Erzählung fort:

„Meine Mutter liebt kostbare Kleider und trägt eine weiße Perücke. Ihr Gesicht pudert sie stets weiß, wie auch alle anderen adeligen Damen in meiner Zeit. Sie isst sehr gerne viel von den guten Speisen im Schloss und trinkt dazu häufig Wein. Bewegung macht meine Mutter kaum. Auf Grund der vielen schwer verdaulichen Speisen hat sie oft mit Magenproblemen zu kämpfen.

Teurer Schmuck ziert ihren Hals und ihre Finger, auch des Öfteren Kopfbedeckungen in Form von Hüten oder kleine bis große Kronen.

Ihr Gang wird von uns als stolz und bestimmt wahrgenommen. Auf Grund ihrer Unsportlichkeit, der kostbaren Kleider und den vielen Spitzen kann sie sich aber nicht sehr schnell fortbewegen.

Oft stolziert die Majestät durch den Schönbrunner Garten, gefolgt von ihren vielen Kindern und einer Schar von Dienern und Untertanen. Meist arbeitet sie während ihrer Spaziergänge.

Meine Mutter, Maria Theresia regiert nun schon seit 17 Jahren als Kaiserin bei uns in Wien."

Das Ende der persönlichen Erzählung von Maria Karolina hörte wohl nur sie selbst. Alle waren während der spannenden Geschichte erschöpft durch die Erlebnisse des Tages eingeschlafen.

„Undankbares Volk!", kommentierte Maria Karolina ihre schlafende Zuhörerschaft, während sie sich selbst zusammenrollte und alsbald von kostbaren Kleidern träumte.

„Sebastian, Sebastian, Peter, Peter, Anna, Anna!", schrie Maria Karolina aufgeregt. Ich öffnete zuerst meine Augen und fragte sie noch müde von der Nacht auf dem harten Schlossboden, was denn los sei. „Hör doch! Ich höre Schritte. Es muss Morgen sein. Das werden die Kammerzofen sein", teilte mir die Kaiserstochter mit. Sogleich riefen Peter und Anna: „Holt uns raus, hier sind wir! HILFE!"

„Ist da wer?" Diese Stimme werde ich nie vergessen!

„Ja, schnell, hierher!", fast gleichzeitig schrien Maria Karolina, Peter, Anna und ich erleichtert auf! Endlich, welch ein Glück! Die Gruppenhaft hatte ein Ende, jeder und jede von uns spürte auch einen menschlichen Drang, den die VIER tapfer hinaus gezögert hatten!

Wer wohl der edle Retter war? Im Schlüsselloch drehte sich knarrend ein Schlüssel, die Tür sprang auf und – vor uns stand ein stattlicher Herr!

„Wer ist das, Maria Karolina?"

Sie wollte gerade antworten, da stellte sich der Herr selbst vor: „Mein Name ist Franz Joseph Haydn, geboren zu Rohrau in Niederösterreich am 31. März 1732, an der

Grenze zum Burgenland. Mein Vater Mathias war Wagenmeister und später Marktrichter. Die Hälfte meiner 11 Geschwister ist früh gestorben." Dabei nickte er allen Anwesenden zu und lächelte.

Sein Leben interessierte mich sehr! Wer in unserer heutigen Zeit hatte schon Gelegenheit berühmte Menschen persönlich zu befragen? So ein Zeitsprung brachte doch auch etwas sehr Positives! Darum wollte ich unbedingt mehr darüber wissen, ohne den anderen Gelegenheit zu geben, sich ebenfalls vorzustellen, fragte ich: „Und Herr Haydn, wie ging es dann in ihrem Leben weiter?"

Er zierte sich nicht lange, nickte uns VIER zu und erzählte weiter aus seinem Leben, während wir in Richtung Schlossausgang wanderten. „Später in Hainburg lehrte mich der Direktor der Volksschule die Grundkenntnisse der Musik. Danach sang ich in Wien als Sängerknabe. Dort erhielt ich auch intensiven Unterricht in der musikalischen Setzkunst von Nicola Porpora. Aus dieser Zeit stammen meine ersten Kompositionsversuche. Mein Bruder Michael ist im Komponieren ähnlich begabt, wurde 1787 geboren und weilt nun in Salzburg. Auf Schloss Weinzierl bei Wieselburg in Niederösterreich spielte ich für Joseph von Fürnberg in einem Streichquartett. Ich war 1759 Kapellmeister in Pilsen und trat letztes Jahr, 1761, in die Dienste des Grafen Esterhazy als zweiter Kapellmeister ein. So und nun wisst ihr alles von mir, wer aber seid ihr? Ich gab euch noch keine Gelegenheit euch vorzustellen, so sprecht!"

Ich verbeugte mich und sagte: „Mein Name ist Sebastian, ich komme aus einem sehr entfernten Lande!"

Anna machte einen Knick und sprach sehr höflich:

„Sehr geehrter Herr Haydn, es ist mir eine Ehre. Ich habe Ihrer wunderschönen Musik schon oft bei Schlossveranstaltungen lauschen dürfen. Ich bin die Kammerzofe der Kaiserin Maria Theresia. Es ist mir eine Ehre Sie persönlich kennenzulernen......."

Maria Karolinaschloss sich der standesgemäß höflichen Begrüßung von Anna an.

„Sie kennen mich, Herr Hofkapellmeister. Ich bin die eine Tochter ihrer Majestät Maria Theresia!"

Immer wieder war ich über die sprachliche Wandlungsfähigkeit von Maria Karolina erstaunt.

Peter stieß mir seinen Ellenbogen in die Seite und flüsterte mir zu: „Du kannst deine Verbeugung beenden, Sebastian!"

Lauter und an Haydn gewandt sprach Peter dann mit einer kurzen Verbeugung: „Auch mir ist es eine Ehre, großer Meister, sie kennen zu lernen. Mein Name ist Peter Prosch."

Herr Haydn begutachtete die VIER und vor allem auf Maria Karolina verweilte sein Blick eine Weile.

Maria Karolina errötete und richtete dann folgende Worte an den berühmten Komponisten: „Dürfen wir von Ihnen ein Foto machen, meine Mutter würde sich sehr über ein solches Mitbringsel freuen."

Haydn antwortete etwas überrascht: „Ein Foto? Was ist das? Muss ich die Schlosspolizei rufen?"

„Nein, nein, bitte nicht. Ist so ein Art Gemälde nur in schnell gemacht! Keine Angst."

Alle schauten erstaunt zu Maria Karolina, als sie mir in die Hosentasche griff. „Was machst du? Lass mein Smartphone in meiner Tasche!"

Doch Maria Karolina war schneller. Ich konnte nicht verhindern, dass sie das Handy an sich nahm.

„Sehen Sie, da passiert ihnen nichts dabei und schon sofort nachdem das Bild gemacht wird, kann man es sich auf dem Bildschirm anschauen. Schauen Sie her."

Anna war diese Situation etwas peinlich und sie stellte sich ein wenig ins Abseits.

Maria Karolina drückte auf den Knopf des Smartphones. Dort war die App für das Fotografieren nicht eingestellt. Aber auf dem Display stand noch #unheimlich. Maria Karolina geriet in Panik, als sie sah, was sie gerade angestellt hatte und drückte ein zweites Mal, während sich Haydn im Nebel langsam auflöste.

Leicht erzürnt keifte ich Maria Karolina an: „Warum fragst du mich nicht?"

Maria Karolina antwortete genervt: „Reg dich ab. Jetzt ist er in der Parallelwelt. Er sollte mit uns reden können, ich habe das doch schon oft erlebt."

Da ich gesehen hatte, dass Maria Karolina zweimal drückte, meinte ich aufgeregt: „Aber du hast zwei Mal gedrückt. Hoffentlich passiert da nicht etwas anderes!"
Wir waren über das Verschwinden Haydns überaus erschrocken. Nun brauchten wir also wirklich wieder die Hilfe der Nirwanerinnen.
Ich tippte #Thera, Nebel erschien fast augenblicklich aus dem Nichts und die himmlisch schöne Figur der Nirwanerin Thera erschien.

„Den Kämpfenden gehört die Welt.
Wer sich im Klagen sonnt und keine Taten setzt, den meide ich.
Ich, Thera, kämpfe hier seit ew'gen Zeiten in Nirwanas Nirgendland,
die Starknirwanafee werd ich genannt,
denn stark bekämpf ich Ungerechtigkeit!
Gerechtigkeit und Tatendrang erstreit ich im Nirwanaland und auch auf Erden steh ich kämpfend bei!

So hört mir zu, ihr kennt mich schon und habt mich namentlich gerufen.
Aus Nirwanaland wird Haydn dann entlassen,
wenn ihr ein Rätsel löst,
ein Rätsel, das dem Komponisten Haydn hilft, den Raum hier zu verlassen.
Löst ihr dieses Rätsel, so habt ihr eine Zahl zur Hand,
sie soll im Buch des Lebens eure und auch Haydns nächste Seite sein,
auf der erzählt wird dann von euren weiteren Taten.

Nun gebt gut Acht, hier euer Rätsel:
Von „Später in Hainburg…" bis „…in einem Streichquartett" erzählte Haydn aus dem Leben,
ihr sollt dort in den Sätzen die Verben-Buchstaben zusammenzählen,
die ihr zuvor ins Präteritum mit erster Person des Plurals umgesetzt.

Zwei Hilfsverben sind zu finden, die ihr wie Vollverben gleich behandelt.

„Begabt" und auch „geboren" lässt ihr weg…

Und zum Ergebnis nehmt ihr noch die aktuelle Zauberzahl gleich 49 weg.
Jetzt dürft ihr mit der Zahl zum nächsten Abschnitt blättern – doch:

Vergiss den Zauberspruch nicht laut zu sprechen,
wenn ihr im Buch des Lebens das Kapitel sucht:

Raum zu Raum und Zeit zu Zeit und Sicht zu Sicht,
nur wer das Rätsel löst,
den Zauber bricht."

5: Welches Zimmer?

Am nächsten Tag staunte ich nicht schlecht, als Peter, Anna und ich den Frühstücksraum des Bürgerhauses betraten. Anna war seit ihrer Rückkehr aus dem „Blindsein" sehr stolz. Sie hatte von den Nirwanerinnen die Fähigkeit erhalten, gelbe Dinge durch alle Gegenstände hindurch sehen zu können. Das sollte uns noch helfen.

An einem Tisch saß Pfarrer Gottlob. Wir setzten uns an einen anderen Tisch und beobachteten die Runde. Nach einer Weile kam der Pfarrer Gottlob zu uns an den Tisch. Er erklärte uns leise und so unauffällig wie möglich, warum er hier ist.

„Sebastian, ich kam so schnell ich konnte, als wir von den neuesten Plänen der Kaiserin erfuhren. Wir erreichten das Bürgerhaus heute Morgen. Folgendes, die Kaiserin lässt eine Polizeitruppe schicken. Sie werden im Laufe des Tages hier eintreffen. Die Hoheit ist nach wie vor von deiner Schuld überzeugt und da die Frist der 24 Stunden mittlerweile verstrichen ist, will sie dich nun verhaften lassen. Es war uns ein Anliegen dich zu warnen, um dir noch etwas Zeit zum Aufklären der Entführung zu verschaffen. Ich bin nach wie vor von deiner Unschuld überzeugt, mein Junge", so beendete Pfarrer Gottlob seine Erklärungen.

Ich war gerührt von diesen Worten und froh über seine Warnung. Ich sagte zu Peter und Anna: „Ich muss noch einen Tag durchstehen und mich hier im Bürgerhaus verstecken. Wenn die Polizeibeamten hier ankommen, dürfen sie mich auf keinen Fall vor dem Morgen zu Gesicht bekommen. Irgendwie habe ich im Gefühl, dass in dieser Nacht etwas passieren wird. Es ist meine letzte Chance, nicht im Kerker zu landen. So unauffällig wie möglich gehe ich zurück in mein Zimmer. Bei Einbruch der Dunkelheit suchen wir!"

„Tu das, ich werde für dich wachen", meinte Maria Karolina für die anderen unhörbar.

„Ja, abends geht's los!", bestätigten Peter und Anna fast gleichzeitig.

Alleine in meinem Zimmer wurde mir erst bewusst, dass meine Hände zitterten und mein Herz raste. Nach der

Warnung vom Pfarrer Gottlob ging es mir nun kein Stück besser. Ich war ziemlich nervös, aber was sollte schon schief gehen. Sie hatten eine „Sehende", eine Unsichtbare und die Dunkelheit würde ihnen helfen. Außerdem konnten sie immer noch die Smartphone-Zauberformeln einsetzen, also #unmöglich oder auch #unheimlich…

Es war zwar unvernünftig, aber ich hielt es alleine im Zimmer nicht aus. So schlich ich mich nach unten. Um nicht gleich gesehen zu werden, setzte ich mich von den anderen unbemerkt an einen Tisch im Gastraum in einer Nische. So konnte ich die Gespräche meiner Freunde hören.
Peter wandte sich an Anna: „Sebastian ist richtig erschrocken, als er das mit der Polizei hörte!"

„Wundert dich das? Er weiß genau, was auf dem Spiel steht. Was machen wir denn wirklich, wenn er eingesperrt werden sollte?"
„Er scheint mir aber ein kleiner Feigling zu sein. Maria Karolina würde ihm doch sicher helfen können! Gerade dann, wenn er eingesperrt würde! Entführung ist schon etwas ganz Schlimmes! Wer so was nur macht, was das für Menschen sind?"

101

„Ich glaube nicht, dass Maria Karolina gegen ihre Kaisermutter viel ausrichten könnte."

„Naja, Einfluss wird sie schon haben. Aber wenn die Kaiserin von der Schuld Sebastians überzeugt ist, dann wird auch Maria Karolina nichts machen können!"

„Es ist furchtbar und vor allem, wenn das Entführungsopfer deine Schwester oder deine Tochter ist. Wie Maria Karolina sich da so auf diese Tätersuche konzentrieren und die Kaiserin im Schloss verweilen kann, ist mir ein Rätsel."

„Darum sage ich immer, es ist wichtig auf dem richtigen und wahren Lebenspfad zu bleiben. Pfarrer Gottlob sprach in der letzten Messe davon, erinnerst du dich?"

„Ja. Man solle dankbar sein für jeden Moment und nicht das Abenteuer suchen. Man müsse im Alltag und im Dienen für Liebende die Erfüllung finden. Den Sinn des Lebens fände man nicht auf Reisen und durch den Umgang mit Fremden. Man müsse sich auf das Häusliche konzentrieren."

„Sebastian hat durch seinen Zeitsprung eine große Sünde begangen, eine größere Reise kann man ja gar nicht machen. Ich bin froh, dass du auch so fromm denkst."

„Ich hab mir viel von dieser Messe gemerkt... irgendwie hat er ja schon recht...aber als Pfarrer Gottlob das mit dem Eheweib predigte, kam in mir ein komisches Gefühl auf. Das Weib solle dem Manne stets dienen, jeden Fehler verzeihen, demütig ihrem Ehepartner gegenüber stehen und vor allem gehorsam sein."

Da flüsterte mir Maria Karolina ins Ohr, ich erschrak ordentlich: „Was ist denn mit den Zwei jetzt los? Haben sie denn gar nichts aus unseren Reisen und Abenteuern in der letzten Zeit gelernt?"

Ich nickte und hörte weiter zu.

„Anna, obwohl den Männern das Reisen ja eigentlich schon zusteht, sonst könnte unsere Kaiserin ja keine Länder erobern. Ja, wenn das Weib dem Manne gehorsam dient, dann kann dieser auch getrost in die Welt schreiten. Stell dir vor, Frauen würden das nicht tun. Dann müssten die Männer immer Angst haben, dass ihren Liebsten etwas passieren könnte."

„Ja, doch das nannte er nicht reisen, er nannte es -die Pflichten eines Mannes erfüllen-. Was auch immer der Mann zu tun pflegt, muss von seinem Weib unterstützt werden. Doch das macht man doch sowieso gerne als Frau, wenn man den Mann wirklich liebt."
Maria Karolina brummte nun wütend in meine Richtung: „Sag einmal, sind die von allen guten Geistern verlassen?"

Peter schaute seine Anna verliebt an und sprach: „Ach wie bist du nett und treu. Wenn ich mir vorstelle, ich suche mit Sebastian nach Maria-Antonia und du würdest nicht zu Hause für mich beten. Das gefiele Gott sicher nicht und mir auch nicht! Und die vielen Gefahren, die auf dich lauern, schlimme Männer, die dich entführen wollen. So wie das ja auch Maria Antonia passiert ist. Wahrscheinlich hat sie sich nicht an die Anweisungen ihrer Kaiserin Mutter gehalten."
„Also für mich besteht das wirklich wahre Leben ja aus Frömmigkeit, Fleiß und Familie. Es ist schon sehr wichtig, einen jungen Mann zu heiraten, der für das tägliche Brot sorgt. Gerne würde ich ein paar Kinder haben und mich der Erziehung deren widmen."
„In unserer Zeit ist alles wohl geordnet. Mann und Frau haben ihre fest vorherbestimmten Rollen, die sie auch gerne ausfüllen. Wie das wohl in der Zeit Sebastians ist. Ich habe manchmal den Eindruck aus Schilderungen von ihm, dass die Menschen in dieser Zeit sehr verwirrt denken. Vielleicht solltest du ihn einmal fragen?"
„Aber Maria Karolina wird bei solchen Gesprächen immer so wütend. Ich glaube, sie wird es mal schwer haben, einen Ehemann zu finden. Sie lässt sich ja fast nichts sagen und den Mund kann man ihr sowieso nicht verbieten. Sie muss immer alles direkt heraus sagen und von Charme und Eleganz hätte sie gar nichts, wenn sie uns Hofzofen nicht hätte. Sie verhält sich oft wie ein kleiner Lausbub, zwar sehr schlau und mutig, aber viel zu vorlaut für eine Dame. Männer wollen Damen an ihrer Seite und keine Rüpel. Ich mach mir wirklich Sorgen um ihre Zukunft..."
„Maria Karolina wird ihre Lektion schon noch lernen,

sagen die älteren Bediensteten immer zu mir. Jetzt ist sie jung und denkt nicht daran, welche Aufgaben sie als Frau zu erfüllen hat. Aber wenn dann der richtige Mann kommt, wird sie kleinlaut beigeben müssen. Dann wird sie ihm mit Freude dienen. Schließlich ist nur so ein gutes Leben möglich, die Verführung durch den Teufel lauert überall und schnell wird aus dem Weib eine Hexe. Und was das für die Frau bedeutet, weißt du ja, liebe Anna. Also bin ich wirklich froh, dass du nicht so unsittsam bist, wie Maria Karolina."

„Obwohl ich sie ja sehr gerne mag und auch ihre lustige, unbeschwerte Art oft sehr gut tut. Ich bewundere ihren Mut, sie fürchtet sich nie. Macht aus negativen Situationen das Beste und hilft allen Menschen. Egal ob reich oder arm, für sie sind alle gleich, sogar Mann und Frau. Aber ich würde das nie schaffen...."

„Maria Karolina könnte eine Hexe werden, du sicher nicht, Anna!"

Ich merkte die Verunsicherung von Anna. Peter wollte sie in dem schrecklichen Rollenbild der Zeit bestärken und ihr ein schlechtes Gewissen einreden, wenn sie es anders machen würde.

„Aber ich würde Maria Karolina natürlich auch immer verteidigen. Ich mag sie ja auch, trotz ihrer Aufmüpfigkeit. Aber jetzt noch etwas anderes - ich finde es toll, dass du nun alles Gelbe durch Wände sehen kannst, ohne erblinden zu müssen. Ich schlage vor, du gehst einmal den Gang in unserem Stock entlang und siehst durch alle Wände, ob das gelbe Kleidungsstück Maria-Antonias in diesem Stock ist. Danach könntest du ins Zimmer zu Sebastian gehen und ihn einmal zu den sittlichen Vorstellungen seiner Zeit befragen. Das wäre sehr interessant. Ich bleibe hier unten und beobachte. Ich rufe euch, wenn ich Ungewöhnliches bemerke."

„Super, das ist eine gute Idee. Mein erster Einsatz als „Sehende". Ich muss nicht mehr blind sein, um euch helfen zu können. Ach ja, das gelbe Kleidchen mit den Rüschen. Hat uns ja die Kaiserin als Hilfe für unsere Suche

mitgeteilt, dass Maria Antonia bei ihrer Entführung trug. Dass du dir das so gut merken konntest Peter, bemerkenswert. Also ich mach mich auf den Weg."
Anna erhob sich und sah mich nun in der Nische sitzen: „Hallo Sebastian. Wie geht es dir?"
„Diese ewige Warterei im Zimmer, dieses Fürchten vor der Polizei nervt mich auch. So richtig gut geht's mir eigentlich nicht, die Angst der Entdeckung schwingt immer mit. Lass uns aufs Zimmer gehen."

Anna suchte während unseres Weges und im Zimmer alle anderen Räume nach gelben Gegenständen ab. Es war praktisch durch Wände sehen zu können. Aber sie war nun schon im 4. Zimmer und hatte bis jetzt nichts Gelbes entdeckt. Im meinem Zimmer angekommen, fragte sie mich nach meiner Meinung zur Rollenverteilung.
„Rollenverteilung, ja ich habe über das Leben bei euch gelesen. Die Art zu leben wandelte sich in meinem Jahrhundert ordentlich. Mann und Frau sind jetzt gleich berechtigt, oder sollten es zumindest sein. Es gibt jedoch noch Kulturen und Gesellschaften auf der Erde, wo das nicht so ist. Hier in Europa sind sich die meisten Menschen aber einig, Mann und Frau haben die gleichen Rechte. ...Hast du Gelbes in diesem Stock entdeckt?"

„Oh- das klingt alles sehr aufregend, nein leider, ich blickte mich nun schon im 5. Raum um und habe noch nichts gesehen."

„Oh Sebastian, ich habe etwas entdeckt. Lass mich genauer hinsehen, ja, ohne Zweifel, es ist das gelbe Kleidchen von Maria Antonia. Es befindet sich in Zimmer Nummer 8. Sollen wir uns nach unserem Gespräch dorthin schleichen? Aber wir müssen Acht geben, dass du nicht von der Polizei entdeckt wirst, falls die sich schon hier eingefunden haben. Dein Leben klingt wirklich spannend, aber auch sehr kompli-..... Se-bas-ti-an!!!!! Die Polizei, ich sehe sie, sie sind im Gang in unserem Stock. Ich kann die gelben Polizeigürtel erkennen. Sie kommen näher. Was machen wir nur? Die durchsuchen alle Zimmer nach dir. Du musst dich verstecken!!"
„Wie viele?", wollte ich wissen.
Anna erblasste als sie sagte: „Die Polizisten kommen in unsere Richtung, gleich werden sie vor unserer Türe stehen, Sebastian!"

Die Warnung von Anna kam gerade noch rechtzeitig. Ich hörte zwar Schritte und laute Rufe, dachte aber nicht daran, dass Polizisten das Zimmer stürmen würden. Das war nun wohl das Ende, das Zimmer hatte einen Kasten, einen Tisch und das Bett. Egal wo ich mich versteckte, im Kasten oder unter dem Bett, die Polizisten würden mich gleich entdecken. Anna kam auf die rettende Idee. Ich sollte durch das Fenster auf den schmalen Sims treten. Ganz wohl war mir bei der Sache nicht, schließlich waren wir im 2. Stock. Einen Sturz würde ich wohl nicht überleben.
Da rüttelten die Polzisten an der Tür und riefen: „Aufmachen, die kaiserliche Polizeigarde wünscht Einlass, sofort." Wieder heftiges Rütteln.
Mir wurde übel, Anna packte mich am Arm und drängte mich zum Fenster. Als ich das Fenster geöffnet hatte, warfen sich die ersten Beamten gegen unsere Zimmertür. Schnell erklomm ich den Sims und blickte nach unten. Mir wurde schwindlig. Jetzt nur nicht schwach werden. Vorsichtig machte ich einige Schritte auf dem

außenliegenden Sims vom Fenster weg. Anna schloss inzwischen das Fenster und noch bevor die Tür nachgab und die Polizisten in das Zimmer traten, saß sie wieder auf dem Sessel am Tisch.

Ich hörte wie die Polizisten unter dem Bett und im Kasten suchten. Mit einer Entschuldigung bei Anna zogen sie wieder ab. Nachdem Anna das Fenster geöffnet hatte, stieg ich mit zitternden Knie erleichtert wieder in den Raum.

Nicht lange danach trafen die VIER im Zimmer zusammen.

„Peter und Anna, ich bin froh, dass ihr jetzt da seid. Puh, liebe Spürnasen, das war wirklich knapp. Danke für eure Hilfe. Wo ist Maria Karolina?"

„Maria Karolina, rede endlich mit mir oder uns. Dein Schweigen macht mich ganz krank!"

„Ich bin hier. Vermisst ihr schon mein schönes Äußeres? Hihihi!"

Ich atmete erleichtert auf, als ich ihre Stimme und das typische Lachen direkt neben mir hörte.

„War ja spannend alles zu beobachten. Als du fast vom Sims gefallen wärst Sebastian, ist mir mein Herz in mein Kleid gerutscht."

„Anna, bist du sicher, dass das gelbe Kleidchen einen Stock tiefer liegt und die anderen gelben Sachen nichts mit Maria Antonia zu tun haben?"

„Ich habe einige gelbe Gegenstände entdeckt in den höheren Zimmernummern. Unter anderem das Kleid von Maria Antonia, ich bin mir ganz sicher."

„Das heißt, dass meine Schwester auf jeden Fall hier im Bürgerhaus ist. Ich hoffe, sie lebt noch!"

„Liebe Maria Karolina, dass dein Herz wegen mir in dein Kleid rutschte, stimmt mich froh, und ich bin sicher, dass deine Schwester noch lebt!"

„Sebastian, schon gut! Dann sollten wir nun einen Plan entwickeln - wer wird die Suche aufnehmen. Zu viert scheint nicht günstig, da ja in jedem Stock Polizei herumsteht oder herumgehen kann."

„Wann sollen wir mit der Suche nach ihr beginnen? Die Polizisten patrouillieren am Gang, ich kann ihre gelben Gürtel erkennen."

„Sagte ich doch eben, passt du nicht auf Anna?"

„Du fragtest welchen Plan wir verfolgen sollen und ich fragte, wann wir mit der Suche beginnen sollen? Uhrzeit meine ich, verstehst du?"

„Ich habe keine Uhr! Wir gehen nach dem 8 Uhr Glockenläuten, das heißt, wer geht?"

Maria Karolina merkte, dass das Gespräch zwischen Peter und Anna wieder einiges an ihrem Umgangston verändert hatte. Peter fühlte sich nun wieder stärker als Anna.

„Holla, liebe Leute, nicht alle durcheinander sprechen. Ich schlage vor, dass Maria Karolina und ich die Suche aufnehmen!"

Maria Karolina erwiderte sofort: „Das finde ich eine gute Idee!"

Wir wollten nicht länger warten, wir beschlossen, die Suche sofort zu beginnen. Das war aber leider nicht so einfach. Schließlich ging die Polizei im Gang auf und ab, auch die Bürgersfrau schaute häufig nach uns.

Ich öffnete vorsichtig unsere Türe. Seit der letzten Nacht waren wir uns ja sicher, dass die Geräusche und geheimnisvollen Stimmen aus genau dem Zimmer unter uns kamen. Und nun wussten wir dank Annas Gabe auch, dass Maria Antonias gelbes Kleid im selben Zimmer war.

Maria Karolina steckte ihren Kopf aus unserem Zimmer

und - schnell zog sie sich zurück. Ich verschloss leise unsere Türe. „Polizei!", flüsterte sie keuchend.
„Aber sie können dich doch nicht sehen?", bemerkte ich.
„Darauf vergaß ich durch den Schrecken!", antwortete Maria Karolina.

Ich ließ Maria Karolina auf den Gang sehen. Sie spähte nach links, nichts. Sie schaute nach rechts, ein Polizist. Er stand mit dem Rücken zu uns am anderen Ende des Ganges und war mit seinem Gewehr beschäftigt.
„Wenn du jetzt in die andere Richtung nach links gehst, erreichst du die Treppe!"
Gesagt, getan. Leise schloss ich die Türe, blickte besorgt nach rechts auf den Rücken des Polizeibeamten. Er putzte konzentriert seine Waffe. Ich hatte Glück!

Schon war ich am Ende des Ganges und betrat den ersten Stiegenabsatz, da drehte sich der Polizist mit einem Seufzen um. Schnell kauerte ich mich auf die Stiege in der Hoffnung, dass er mich übersieht. Das metallische Knallen seiner Schritte zeigte mir, dass er seine Gangkontrolle wieder aufgenommen hatte.
Bald war er ganz nahe, mir wurde angst und bang. Schweiß stand auf meiner Stirn. Verzweifelt schaute ich mich um, ein Verstecken war unmöglich. Fast hatte er die Stiege erreicht.
„Herr Kommandant!", schallte da die bekannte Stimme der Bürgersfrau durch den Gang.
„Hätten sie einmal kurz Zeit, ich muss sie etwas fragen."
 Der Wachbeamte wendete ohne mich gesehen zu haben.
Danke, liebe Bürgersfrau. Erleichtert erreichte ich den Gang im ersten Stock, da warnte mich Maria Karolina vor einem Polizisten, der im Begriff stand, aus dem Parterre zu mir hoch zu kommen. „Geh in das Zimmer gleich links, das ist frei, ich hab nachgesehen!"
Es war auch unverschlossen und ich konnte gerade noch die Türe leise schließen, bevor der Polizist den ersten Sock erreichte und den Gang betrat.

Nun hieß es geduldig warten. Ich horchte auf die Geräusche und Stimmen am Gang. Maria Karolina berichtete mir, dass zwei Polizisten am Gang wären und sich unterhielten. Ich öffnete Maria Karolina nochmals leise die Türe und sie kundschaftete weiter für mich aus. Ich ging unruhig im Zimmer auf und ab. Hoffentlich finden wir Maria Antonia heute. Ich wollte nicht den Rest meines Lebens im kaiserlichen Kerker der Hofburg zubringen oder geviertelt am Grunde eines Gewässers herumliegen. Endlich klopfte es leise, ich öffnete und Maria Karolina huschte ins Zimmer.

„Einige unbekannte Gäste sind in unserem Stock unterwegs", berichtete sie. Sie wurden von der Bürgersfrau begleitet. Da hieß es weiter warten. Minuten um Minuten vergingen so quälend langsam für mich.

Endlich war Ruhe eingekehrt. Der Gang schien leer, meine unsichtbare Begleiterin bestätigte dies und ich wagte einen neuen Anlauf. Vorsichtig öffnete ich wieder die Türe, spähte nach links und rechts. Dann trippelte ich zur dritten Türe am Gang. Das musste das Zimmer direkt unter unserem sein! Ich hielt mein Ohr an die Tür und hörte - nichts. Maria Karolina horchte ebenfalls an der Tür und glaubte, die Stimme ihrer Schwester zu erkennen.

Die Sehungen Annas erwiesen sich als richtig. „Meine Schwester ist dort, ich konnte sie hören, ganz bestimmt", flüsterte mir Maria Karolina ins Ohr.

Jetzt oder nie!

Ich drückte die Türschnalle nach unten, verschlossen. Fragend blicke ich mich um. Auch sie versuchte es vorsichtig, griff aber nur durch den Griff der Türe.

Ohne Erfolg versuchte ich es ein drittes Mal. Die Türe war aus schwerem Holz gefertigt und wirkte äußerst stabil und schwer.

Da hörten wir ein Rumpeln und den Schrei einer kindlichen Stimme aus dem Raum gleich daneben.

Erschrocken rief Maria Karolina mit zitternder Stimme: „Du musst mich sehend machen. Die verschlossene Türe kannst du mit dem #Erdbeben öffnen. Schnell, meine arme Schwester!"

„Lass mich, Pe....", vernahm ich nun deutlich und bangte

um das Leben der Schwester Maria Karolinas. Metallische Schrittfolgen von Polizeibeamten waren auf der Treppe zu hören. Ich griff zu meinem Smartphone, es war nicht da! „Maria Karolina, du hast dich durch #unheimlich unsichtbar gemacht, das Handy muss bei dir sein!"

Sie teilte mir mit, dass sie das in der Aufregung ganz vergessen hätte. Offensichtlich tippte sie nun beide Zauberbefehle ein, denn schon machte sich Nebel breit und meine Partnerin erschien mit einem sorgenvollen Gesicht. Meine Begrüßung ging in einer ordentlichen Erschütterung unter. Sie ließ das Haus wackeln und die Tür zum Zimmer hing danach schief in ihren Angeln. Geschafft!

Nun gab es wirklich kein Zurück!
Gemeinsam packten wir den Türgriff, drückten die schwere Türe zur Seite und warfen uns auch noch dagegen. Diese Gewalt war für mich verhängnisvoll, denn sie fiel auf mich. Ich konnte mich im letzten Moment auf die Seite drehen, aber es reichte nicht. Schmerzhaft musste ich zur Kenntnis nehmen, dass mein Bein unter der Türe lag und eingeklemmt war. Maria Karolina stolperte noch ein paar Schritte von der Türe in Richtung Fenster und erstarrte! In meiner Verzweiflung tippte meine liebe Maria Karolina nun ohne Zögern - #Hesia – die musste mich befreien und mir helfen.

„Bewahren hilft der Welt zur Ordnung. Wenn Freiheit durch Bewahrung stirbt, ist das zu viel, so greif ich ein. Ich, Hesia, bewahre hier seit ew'gen Zeiten in Nirwanas Nirgendland,

die Altnirwanafee werd ich genannt,
denn altbewährt seid ihr und nun gefährdet!
Die freie alte Ordnung stell ich im Nirwanaland und auch
auf Erden gerne her!

So hör mir zu, du kennst mich schon und hast mich namentlich gerufen.
Die Tür wird schnell entfernt, dein Bein sofort geheilt,
wenn ihr ein Rätsel löst,
ein Rätsel, das euch allen hilft, Geschichte neu zu schreiben.
Das hätt auch meiner Freundin Gäa gut gefallen, nun,
löst ihr dieses Rätsel, so habt ihr eine Zahl zur Hand,
sie soll im Buch des Lebens eure nächste Seite sein,
auf der erzählt wird dann von euren weit´ren Taten.

Nun gebt gut Acht, hier euer Rätsel:
Satzglieder sind nun zu erkennen in dem Satz:
Maria Karolina suchte den Freund hinter der Wohnungstür.
Die Satzglieder-Anzahl ist als neue Rätselzahl nun gut zu merken.
Buchstaben sind sodann zu zählen:
Einmal jene von den Wörtern des Subjekts,
und sodann die Wörter der Adverbialbestimmung,
die allein mit einem reinen „w"-Wort zu erfragen ist.
Nun werden alle diese Buchstaben sodann addiert,
die Summe daraus wird mit eurer Rätselzahl nun mal genommen!
Und vom Ergebnis zählt ihr noch die aktuelle Zauberzahl
126 dann weg.
Jetzt dürft ihr mit der Zahl zum Kapitel blättern – doch:

Vergiss den Zauberspruch nicht laut zu sprechen,
wenn ihr im Buch des Lebens nach dem Kapitel sucht:

**Raum zu Raum und Zeit zu Zeit und Sicht zu Sicht,
nur wer das Rätsel löst,
den Zauber bricht."**

6: Der Abschied

Geschafft! Endlich!
Maria Karolina stand vor der gesuchten Maria-Antonia, blass, verweint und verwirrt. Maria Karolina zögerte nicht lange und fiel der geliebten Schwester um den Hals. Ich spürte, wie nicht nur der Nebel verschwand, sondern auch die schwere Türe sonderbar leicht wurde, sodass ich mein Bein ohne Mühe aus der Klemme befreien konnte. Schnell sprang ich auf.

Mein Fuß schmerzte nur leicht, die Nirwanerin Hesia dürfte aber gute Arbeit geleistet haben! Ich eilte zu den Mädchen und umarmte beide.
Da erst bemerkte ich die zweite im Raum befindliche Person. Sie wollte sich eben aus dem Zimmer schleichen mit einer dicken Zeitung unter dem Arm.
„Das ist der Entführer, halte ihn fest!", schrie es in meinem Kopf!
Ich wollte hinlaufen, da betrat ein Polizist die Türschwelle und der mutmaßliche Entführer fiel ihm in die Arme.
„Können Sie nicht aufpassen?", schimpfte der Flüchtende. Der Polizist schien ihn zu kennen und wollte sich entschuldigen. Da erkannte auch ich den Entführer. Als er sich kurz zu mir drehte, war ich mehr als erstaunt! Es war kaum zu glauben. Maria Karolina war ebenso überrascht, sie zwickte mich in meinen Oberarm und schrie: „Das glaub ich jetzt nicht, unmöglich!"

„Peter, du!", entfuhr mir sein Name mit einem Aufschrei.
„Du bist der Entführer?!"
Maria Karolina ergriff meine Hand. Erstaunt, überrascht, enttäuscht blickten wir uns an. Peter, der Täter, der unehrliche Freund! Er war ein Teil der VIER. Nichts schmerzte mehr, als gebrochenes Vertrauen. Eine Welt stürzte für uns ein!
„Trotzdem", sprach Maria Karolina mit erstickter Stimme, „ich habe meine Schwester wieder und du bist deinen Verdacht los!"
„Ja, eigentlich ein Grund erleichtert zu sein!", gab ich mit betrübter Stimme von mir. Wir drückten nun auch Ma-

ria Antonia die Hand. Maria Karolina begann zu kichern, das kannte ich aus den ersten Tagen unserer Begegnung. Dann fingen wir alle Drei erleichtert zu lachen an.

„Herr Polizist, halten Sie den Entführer!", schrie ich dem Beamten zu. Der Polizist war von dieser Anschuldigung aber erst überzeugt, als viele Geldscheine aus dem dicken Zeitungspaket unter Peters Arm purzelten. Er ergriff den überführten Täter noch im selben Augenblick.
„Sebastian, Maria Karolina, es ist nicht so, wie es scheint! Glaubt mir!", schrie nun Peter und wollte zu uns. Der Polizist hinderte ihn mit festem Griff daran.
Maria Karolina gelang es, den Polizisten zu überreden, dass er uns mit Peter einige Minuten im Zimmer alleine lässt.
Peter versuchte uns mit folgender Erklärung von seiner Unschuld zu überzeugen: „Ihr müsst wissen, dass ich der Sohn einer Nirwanerin und eines Menschen bin und eine Schwester habe. Ich vermute, dass eine Nirwanerin auf Erden weilt. Ich wollte meine Schwester finden und dachte, dass Maria Antonia diese Person wäre. Ich konnte dies aber niemandem sagen, mir hätte doch niemand geglaubt. Darum entführte ich sie und wollte sie zur Rede stellen.

Da sie aber immer behauptete davon nichts zu wissen, musste ich sie länger in Gewahrsam halten. Ich habe sie aber stets gut behandelt und die Bürgersfrau versorgte sie gut. Der erzählte ich, dass Maria Antonia ein Waisenkind wäre, dem ich helfe."

Ich wollte wissen, warum er Lösegeld gefordert hätte. Dies diente der besseren Tarnung, versicherte er uns. Wir waren natürlich sehr enttäuscht von ihm, er hätte uns doch einweihen können. Eine Entführung ist schließlich kein Kindergeburtstag. Er brach in Tränen aus, bat Maria Karolina vielmals um Entschuldigung. Schließlich meinte auch Maria Antonia: „Liebe Schwester, Peter war wirklich immer nett zu mir. Er brauchte mich auch nicht zu zwingen, ich ging freiwillig mit ihm mit. Vielleicht hätte ich als seine Schwester und Nirwanatochter wirklich Zauberkräfte, dachte ich bei mir und dann würde Peter diese Kräfte eventuell entfesseln. Nun, daraus wurde wohl nichts. Ich möchte eigentlich nicht, dass Peter nun eingesperrt wird und…"

Als der Polizist das Zimmer wieder betrat, erblickte er Maria Karolina, Maria Antonia und mich aneinandergefesselt und in scheinbarer Bewusstlosigkeit. Das Fenster stand offen und weit und breit kein Peter…
Wir konnten die Behörden davon überzeugen, dass uns Peter durch ein Riechsalz bewusstlos gemacht und dann gefesselt hätte. Wir wüssten nicht, wo er hin wäre.

So wurden wir entlassen und vermissten Anna vorerst gar nicht. Durch die vielen aufregenden Ereignisse, hatten wir auf sie völlig vergessen.
„Naja, wie Peter die Sache schilderte, verstehe ich ihn wirklich und ich bin froh, dass wir ihm geholfen haben!" Dabei sprach ich wohl ein bisschen zu laut, denn die letzten Worte erstickten in der Hand Maria Karolinas, die mir mit aufgerissenen Augen ihre Hand auf meinen Mund hielt.

„Peter diente meiner Mutter sehr lange. Er war auch ein sehr unterhaltsamer Hofnarr. Doch oft hab ich mir gedacht, dass ihn irgendetwas bedrückt. Er spielte zwar den Lustigen, doch oft sind die lustigsten Menschen innerlich sehr unsicher und belastet. Ich hoffe, er findet seinen inneren Frieden noch, wo auch immer er jetzt hin flüchtet. Er kennt die Kaiserin zu gut und weiß, wie enttäuscht sie von dieser Nachricht sein wird. Sie wird seinen Tod wünschen, auch wenn es Peter ist. Er kann nie wieder zurück ins Schloss Schönbrunn."

„Ich bin einfach nur froh, endlich wieder nach Hause zu kommen. Die Bürgerfrau war zwar nett, aber ich kam mir trotzdem vor wie in einem Gefängnis. Ich freu mich so auf das Schloss, die Diener, das gute Essen, meine Spielsachen, sogar auf die Unterrichtsstunden...."
„Maria Karolina, das Überraschendste ist aber doch wohl, dass Peter der Sohn einer Nirwanerin ist. Unglaublich! Also mir scheint das irgendwie fantastisch! Auch dass eine echte Nirwanerin auf Erden sein soll, die erscheinen ja sonst immer nur auf unseren Handyaufruf - Haha, da fällt mir ein, dass du bei unserem ersten Treffen an ein Hendi, ein Hendl, dachtest, als du Handy hörtest, haha!"
Ich strich Maria Antonia durchs Haar, die uns mit großen Augen anblickte.

„Es ist sehr aufregend, das stimmt, aber überraschen tut es mich mittlerweile gar nicht mehr. Hihihi! Wir haben in letzter Zeit so viele Sachen erlebt. Das Überraschendste ist für mich, dass du in unsere Zeit „gesprungen" bist. Ohne dich wäre ich jetzt zu Hause und würde wieder einmal lernen müssen, denn das ist das Wichtigste für meine Mutter oder ich hätte neue Kleider für den nächsten Ball anprobieren müssen. Denn da müssen wir Töchter der Kaiserin immer ganz adrett gekleidet sein, da dort viele adelige, heiratswillige Burschen anwesend sind. Ich fragte meine Mutter nicht nur einmal, warum ich jetzt schon ans Heiraten denken musste. Aber da konnte man nicht mit ihr diskutieren, sie ist da sehr bestimmt und rechthaberisch."

Maria Antonia stimmte heftig zu: „Das stimmt. Auf die Tageseinteilung unserer Mutter freue ich mich nicht... Das hab ich am allerwenigsten vermisst."
Ich überlegte, ob ich den beiden Damen ein wenig aus ihrer Zukunft erzählen sollte, verwarf den Gedanken dann aber. Nur wenn sie mich direkt fragten, dann wollte ich Andeutungen machen. Schließlich kann die Zukunft

ja wirklich erschreckend sein, besonders wenn ich an die Zukunft der lieblichen Maria Antonia dachte.

Maria Antonia fragte neugierig mit ihrer piepsenden Stimme: „Aber Sebastian, woher kommst du denn dann? Was ist ein Hendi und weißt du dann genau, was in der Zukunft passieren wird?"

„War klar, dass diese Fragen kommen werden. Schwesterlein, du hast sehr viele tolle Dinge verpasst, das kann ich dir sagen!"

„Maria Antonia, deine Schwester wird dir in einer stillen Stunde alles genau erklären. Ich sage dir jetzt nur, dass ich wirklich aus einer anderen Zeit komme, aus der Zukunft. Da kann man mit einem Gerät, das heißt Handy oder Smartphone, mit unsichtbaren Wellen mit anderen Menschen über weite Strecken sprechen! Und, liebe Maria-Antonia, natürlich weiß ich auch genau, was euch passieren wird. Aber das wollt ihr nicht wirklich wissen, glaubt mir!"

„Warum nicht, warum nicht? Dann ist es ja sicher etwas Schlimmes? Oh Gott, heirate ich einen hässlichen Ehemann? Muss ich putzen und kochen? Werde ich durch meine Heirat nicht Herrscherin über ein großes Königreich? Die Hauptsache für mich ist doch, dass ich wohlhabend lebe, andere arme Menschen muss und wird es immer geben. Aber wenn sie kein Brot haben, sollen sie doch Kuchen essen?"

Maria Karolina: „Das würde mich jetzt aber auch interessieren….Und hässlicher Ehemann? Wären das deine größten Probleme Schwester?"

„Ferdinando Antonio Pasquale Giovanni Nepomuceno Sergio Gennaro Benedetto von Bourbon! Gefällt dir der Name Maria Karolina? Und Maria-Antonia, dein Ehemann hat einen kürzeren Vornamen und ist der 16.! Er wird schon ein bisschen dick sein, aber hässlich oder nicht, das liebe Maria Antonia, ist immer subjektiv. Jeder und jede hat einen anderen Geschmack, was für dich schön ist, stößt einen andern vielleicht sogar ab!"

Maria Karolina fragte etwas bedrückt: „Waaas? Sebas-

tian, ich brauch nicht so viele Namen. Das würde mir nicht gefallen, ich glaub dir nicht. Mir gefällt eher das einfache und unkomplizierte, wie zum Beispiel Sebastian. Aber das heißt dann also, dass es uns in der Zukunft nicht mehr gibt? Ich meine damit natürlich die VIER!?" Maria Antonia ließ nicht locker und ignorierte die belehrenden Worte Sebastians: „Aber warum hast du vorher gesagt, dass ich meine Zukunft nicht wissen will? Ein dicklicher Mann ist ja meist bei dem dekadenten Essen bei Adeligen normal und ein Zeichen von dem hohen Stand."

„Naja, liebe Maria Karolina, dein Mann ist eher einfach und nur an Jagd, Streichen und gutem Essen interessiert. Aber du scheinst ihm dann Manieren beizubringen und ihr werdet miteinander glücklich sein, so steht es zumindest in den Aufzeichnungen. Und du liebe Maria Antonia wirst eine ganz berühmte Person werden! Ich wollte dir das nicht sagen, damit du nicht übermütig wirst. In den nächsten Jahren heißt es für dich lernen, lernen, lernen! Die VIER, ja Maria Karolina, da fehlt uns eine - wo ist eigentlich Anna? Die haben wir in unserer Aufregung ganz vergessen!"

„So, jetzt reicht´s!!! Ich möchte nichts mehr von dieser komischen Zukunft hören. Jagd, und einfacher Mann, dass ich nicht lache. Genug. Wir leben im Hier und Jetzt.

Alles was zählt sind die Abenteuer der VIER. Und das waren jede Menge in letzter Zeit. Weißt du noch, als uns der Bauer mit dem Ochsen transportierte? Das war ja ganz schön...."
Maria Karolina wurde von Maria Antonias Schreien unterbrochen.

„Juhu, juhu, ich werde berühmt. Hast du das gehört Schwester? Kaiserliche Mutter betonte schon des Öfteren, dass ich sehr gute Voraussetzungen für den Thron habe. Ich werde ein großes Land beherrschen und viele Kinder in die Welt setzen. Meinem Mann eine gute Ehefrau sein und gleichzeitig von allen Untertanen angesehen werden...."
Maria Karolina konnte sich das oberflächliche Gesäusel ihrer Schwester nicht mehr länger anhören und beantwortete Sebastians Frage zu Anna: „Ja komisch, wo ist eigentlich unsere Anna? Wir haben sie schon länger nicht mehr gesehen. Ich hoffe, es geht ihr gut und wir verlieren nicht noch eine Sprungnase."

Als wäre es ihr Stichwort gewesen, erschien plötzlich Anna geisterhaft.
Ich wollte Marie Antonia nicht die Freude nehmen und verschwieg ihren Tod unter der Guillotine. Maria Karolina hatte recht, wir müssen das Hier-und-Jetzt annehmen, nicht über unsichere Zukünfte reden. Das Erscheinen Annas kam da gerade recht.
Ich schrie überrascht: „Maria - Mädels, schaut...!"

„Meine treuen Weggefährten, nun kann ich euch endlich die Wahrheit offenbaren. Ich bin im Herzen eine stolze Nirwanerin und wurde auf die Erde geschickt, weil ich den Hofnarren Peter vor Unfug bewahren sollte. Immer wieder werden einige von uns auf die Erde gesandt, um Menschen wieder auf den richtigen Pfad zu helfen, so wie ein guter Schutzengel. Leider ist mir meine Aufgabe misslungen und deshalb bin ich auch gleich nach dem Verschwinden Peters von meinem Nirwanerinnenvolk zurückgerufen worden. Ich darf mich jetzt nur kurz von euch verabschieden und muss dann in meiner Nirwanerinnenwelt bleiben. Ich brauche eine Pause von der Erde und den Menschen meinten sie. Vielleicht sehen wir uns ja irgendwann wieder. Es war mir eine Ehre mit euch die Abenteuer erlebt zu haben und danke, dass ihr auch oft versucht habt, Peter auf den richtigen Pfad zu bringen. Vor allem du Maria Karolina mit deiner tollen Einstellung. Bleib so selbstbewusst und lass es dir von niemandem nehmen. Sebastian, auch dir alles Gute, du bist ein guter Junge. Ach ja, deinen Eltern geht es übrigens gut zu Hause."

„Anna, du kannst doch nicht so einfach verschwinden, äh natürlich, äh du bist ja Nirwanerin. Ich kann das kaum glauben! Warum hast du uns das nicht verraten? Peter ist ein Halbnirwaner, du eine Nirwanerin, ah! Peter suchte nach dir! Das ist aber gemein! Wenn du ihm das verraten hättest, dann wäre ja die ganze Entführungsaktion von Peter nicht nötig gewesen!"

Maria Karolina staunte nicht schlecht, was sie da alles in kürzester Zeit erfuhr. Aber sie war sehr stolz darauf, dass ihre leibeigene Zofe und Mitglied unserer Spürnasenvereins eine Nirwanerin war.

„Da hast du nicht Unrecht Sebastian. Doch wir Nirwanerinnen unterliegen einem Kodex, wir dürfen uns bei den Menschen nicht zu erkennen geben, ansonsten wäre unser Volk gefährdet. Das hier ist eine große Ausnahme, da Sebastian eine so reine Seele besitzt, dass ihm die Nirwanerinnen vertrauen. Dies passiert alle paar Hundert Jahre mal, also sehr selten. Doch durch einen Hardwarefehler des Smartphones von Sebastian wurde die dunkle Energie aus dem Reich der Nirwanerinnen angezapft und deshalb könnt ihr mit uns kommunizieren.

„Das bemerkte ich gleich, dass mein Sebastian ein Gutmensch ist. Aber ich möchte dich wiedersehen, Anna. So lange warst du meine Zofe, können wir die VIER bestehen lassen?"

Ich errötete ordentlich und blickte Maria Karolina an: „Hast du das gehört? So ein Kompliment erhielt ich noch nie! Aber das gebe ich gerne allen retour. Die VIER waren oder sind eine erfolgreiche Spürnasengang, äh Bande äh, naja ihr wisst schon. Ich möchte auch nicht, dass du für immer verschwindest Anna!"

„Auch mich stimmt diese Vorstellung sehr traurig und deshalb werde ich versuchen, meine Schwestern zu überreden, dass wir uns wiedersehen können. Es werden weitere Abenteuer auf euch zukommen und wenn ich Möglichkeiten finden kann, werde ich euch als eine der VIER SPRUNGNASEN in einer Zeit zur Verfügung stehen. Wichtig ist dafür aber, dass ihr niemandem von meiner Existenz erzählt. Am Hofe erklärt ihr bitte, dass mir alles zu viel wurde und ihr nicht wisst, wo die Zofe Anna nun verweile."

„Aber dann musst du auch dafür sorgen, dass unser Peter, der kleine Schlingel, wieder mit dabei sein kann! Aber wie komm ich denn eigentlich wieder in meine Zeit zurück? Hast du da einen Smartphonetipp?"

„Auch meinen Peter werde ich weiterhin nicht aus den Augen lassen. Er muss aber jetzt alleine seinen Weg finden. Aber auch er wird ein Mitglied der VIER bleiben. Wenn es Gott will, dann kreuzen sich unsere Wege eines Tages wieder."
Maria Karolina erschrak bei der Frage von Sebastian und ihr schossen Tränen in die Augen. Die kleine Maria Antonia stand die ganze Zeit mit offenem Munde da und verfolgte die Gespräche gespannt.
„Ja Sebastian, hör gut zu. Du musst ein Selfie machen und dann #unheimlich drücken, so kannst du deinen Zeitsprung rückgängig machen. Alles Gute mein Junge."
Ich sah die Tränen Maria Karolinas und hatte sie nun endgültig in mein Herz geschlossen. Nein, wir durften uns auf keinen Fall in der Zeit verlieren!
Anna verschwand mit Nebelschwaden begleitet und die drei Kinder beschlossen zurück zum Schloss zu fahren und der Kaiserin die frohe Botschaft vom Auffinden Maria Antonias zu überbringen.

Die Worte Annas und Maria Karolinas berührten mich sehr, zu sehr. Ich kämpfte nun auch mit den Tränen und erinnerte mich daran, dass man das als Junge ja nicht tat. Verdammt, was war ich denn? Ich schluckte und verabschiedete mich stumm von Anna mit einer tiefen Verbeugung, während ich Maria Karolinas Hand hilflos ergriff.

Dabei bemerkte ich mit erstickter Stimme: „Ma, Marie-Ka, Karolin. Ja, jetzt fahren wir erst einmal mit Ma, Marie Anto, Antonia nach Schönbrunn zurück und dann erst werde ich den Handybefehl..."

Wir spazierten am nächsten Tag ausgeruht durch den Schlosspark. An den Abschied dachten wir nur entfernt, als ich bemerkte: „Das war eine tolle Woche Maria Karolina. Ich freue mich so, dich kennengelernt zu haben!"

„Mir geht es nicht anders. Hast du gesehen wie sich meine Mutter, die Kaiserin, freute, als sie Maria Antonia sah? Normalerweise benimmt sie sich nicht so überschwänglich und emotional. Sie ist immer sehr bestimmt und sachlich. Aber es war sehr nett von ihr, dass sie dir die goldene Taschenuhr schenkte. Es war ihr wohl wirklich ein wenig peinlich, den Falschen als Entführer verdächtigt zu haben. Diese Uhr wird dir immer die gleiche Uhrzeit anzeigen wie mir, auch wenn wir in verschiedenen Zeiten leben..."

Ich betrachtete das urtümliche Ding und fragte mich, wieviel das wohl in meiner Zeit wert sein wird. Aber ich hatte nicht vor, die Uhr zu veräußern. Sie war ja zugleich eine tolle Erinnerung an Maria Karolina und unsere Abenteuer. „Dein unbeabsichtigter Sprung aus dem Wagenfenster, als wir nach Klosterneuburg rumpelten, wird mir immer in Erinnerung bleiben. Haha, und Schwups warst du weg! Ja und ich bin froh, dass ich den Verdacht los bin, deine Mutter mir nun vertraut und ich einem Gefängnisaufenthalt nicht mehr entgegenblicken muss! Du, Maria Karolina, ich finde dich echt mutig. Ich dachte immer, dass es in deiner Zeit lauter ängstliche und schüchterne Mädchen und Damen gibt, die sich den Buben und Männern unterordnen. Da habe ich jetzt etwas anderes gelernt!"

„Das ist schade, dass es in deiner Zeit so vermittelt wird. Leider ist es schwierig als Mädchen in meiner Zeit den Mund aufzumachen. Meist wird man als aufmüpfig und nicht heiratsfähig verschrien. Das wäre das Schlimmste für meine Mutter, wenn sie mich nicht verehelichen könnte. Auch als Hexe wird man schnell beschimpft und die Methoden um dies zu beweisen, die sind bei Gott nicht angenehm. Da gesteht jede Frau gerne eine Lüge und behauptet eine Hexe zu sein. Aber jede Zeit hat auch seine guten Dinge. Wenn ich mir überlege, was du mir erklärt hast, dass in deiner Zeit Frauen und Männer arbeiten gehen, kochen, den Haushalt machen und sich um die Kinder kümmern. Das finde ich sehr anstrengend. Meine Mutter wäre ohne ihre Ammen verzweifelt."

„Ja, liebe Maria Karolina, jede Zeit hat ihre Vorteile und Nachteile. Ich glaube, dass es in jedem Leben wichtig ist, an das Gute im Menschen zu glauben und sich von keinen Horrorgeschichten erschrecken zu lassen. Bei uns glauben die Menschen zwar nicht mehr an Hexen, aber sie lassen sich leicht durch schlechte Nachrichten verführen. Dann werden sie unzufrieden und machen aus harmlosen Menschen Bösewichte, die ihnen das Schlechte gebracht haben könnten - die schlimmen Juden, die bösen Ausländer, die hässlichen Reichen, die ... Maria Karolina - ich bleib einfach bei dir! Wieso soll ich zurück? Wir haben unseren Bund der VIER, verstehen uns gut, warum verdammt noch mal soll ich zurück?"

„Das klingt ein wenig deprimierend. Aber du hast vollkommen Recht. Du weißt, dass ich gerne etwas unvernünftig bin, aber in diesem Fall, glaube ich, müssen wir jetzt wirklich vernünftig denken und handeln. Ich muss unbedingt wieder mal im Unterricht erscheinen und etwas Lernen, ansonsten wird mir meine Mutter sowieso Hausverbot geben, dann können wir gar keine Abenteuer mehr erleben. Und du musst unbedingt wieder mal zurück zu deinen Eltern. Lass uns eine Weile warten und dann treffen wir uns wieder, um gemeinsam neue Dinge zu erleben. Vergiss aber nie unsere Handy-Zauberformel, versprich es mir. Nur so können wir uns wiedersehen. Ich

bin da völlig von dir abhängig, was mir, wie du mittlerweile ja auch weißt, nicht unbedingt das Liebste ist..."

Mein Herz raste, meine Knie zitterten, ich wollte ihr sagen, wie sehr ich sie mochte. Aber mir kam kein Wort
über die Lippen. Wie von Geisterhand geführt, nahm ich
schweigend mein Handy in die Hand und bemerkte tiefsinnig: „Mein Hendi, ungegrillt! So soll es denn sein!"
Schweigend gingen wir nebeneinander.
Wir freuten uns über die gemeinsame spannende Woche. Beide waren wir einander zugetan, wir wollten alles
tun, um wieder zusammen zu kommen und als die VIER
zu neuen Taten schreiten zu können.
Maria Karolina und ich schauten uns traurig an, als ich
mein Selfie schoss, #unheimlich eintippte und meinen
Finger zum Senden über dem Display schwebte.

Die Trennung lag vor uns.
Ich beugte mich zu ihr, um ihr einen Abschiedskuss zu
geben, als sie meine über dem Smartphone schwebende
Hand ergriff und fest drückte.
Schwupps – da landete ich in den Armen meines Vaters,
der über den Kuss seines Sohnes nicht wenig erstaunt
war. Dabei hatte ich noch den Daumen auf dem Touch-
screen des Smartphones, sodass ein weiteres Foto mit
meinem Vater geschossen wurde - das Foto werde ich
bald löschen!
Zu meiner Überraschung war in meiner Zeit kaum eine

Stunde vergangen, obwohl ich doch mindestens eine Woche im Jahr 1762 zubrachte. Dadurch blieben mir unangenehme Fragen über mein Ausbleiben erspart, meine Abwesenheit war mit meinem gewohnten Spaziergang im Schönbrunnerpark zu begründen. Den überschwänglichen Begrüßungskuss konnte ich mit der Freude über das Abendessen rechtfertigen.

Meine Mutter hatte nämlich mein Lieblingsessen aufgetischt:

Kaiserschmarrn!
P.S.: Wenn ich abends im Bett liege, träume ich von den VIER, besonders aber von meiner neuen Freundin Maria Karolina. Dann sehne ich mich nach einem neuen Fall – und manchmal glaube ich dann beim Einschlafen die Stimmen der Nirwanerinnen zu vernehmen:
Raum zu Raum und Zeit zu Zeit und Sicht zu Sicht,
nur wer das Rätsel löst,
den Zauber bricht!

7: Lösegeld

Haydn erschien vor uns aus dem Nebel. Verdutzt sah er um sich, mit den frischen Notenblättern eilte er sofort Richtung Klavier. Er hielt kurz inne und schaute uns fragend an.

Wir stellten uns nochmals kurz vor und erklärten ihm unsere Suchaufgabe. Wir taten, als hätten wir sein Verschwinden nicht bemerkt. Haydn wollte darauf auch nicht weiter eingehen, wahrscheinlich hatte er Angst von uns als Hexer gehalten zu werden. Auf die Handyaktion schien er vergessen zu haben. Uns war das natürlich sehr recht.

Voller Respekt verneigte sich Haydn nun wieder vor Maria Karolina, der Tochter der Kaiserin, und lud uns zu einem Frühstück in das Gasthaus Adler ein. Zuvor aber lauschten wir gespannt den Klängen „Jupiters Reise auf die Erde".

Dort erzählte er uns von seinem Dschungellandtraum und der Entstehung seiner neuen Symphonie.

Haydn begann:

„Ich blickte mich erstaunt um und sprach: „Verflixt! Nur Dschungel um mich herum! Was ist geschehen? Bin ich verrückt? Treibt da wer ein böses Spiel mit mir? Wenn ich hier nicht weg komme, wie soll ich da komponieren? Doch was sehe ich? Eine orange gekleidete Schönheit! Wer sind sie? Und wo bin ich?"

Da erschien ein orange gekleidetes weibliches Wesen. „Seid nicht nervös, ich kann euch helfen! Ich heiße Gäa. Ihr werdet bald befreit durch meine Nirwanaschwester Thera. Die jungen Freunde schreiben schon auf dem Gerät. Doch vorerst will ich euch noch helfen, ich helfe gern. Was wollt ihr komponieren?"

„Ich komm mir vor wie Jupiter auf Reisen! Jupiter zu Besuch bei Philemon und Baucis, den beiden Bauern, denen die Kinder starben. Meine eben erst kennen gelernten vier Kinder sind auch irgendwo, wie gestorben, und ich bin allein in diesen Dschungelpflanzen."

„Und bin ich nichts?"

„Doch! Du scheinst wie Jupiter, der einen schönen Tempel in einen wunderbaren Garten verwandelte!"
„Deine Geschichte ist fast fertig. Nun hurtig an die Musik. Dies wird ein schönes Singspiel werden!"

Ich trage stets Papier, Tinte und Federkiel in meiner Tasche. Ich legte mir also alles zurecht und schrieb das Werk in einem Zug, Gäa inspirierte mich, half mir, trieb mich an. Gerade rechtzeitig setzte ich die letzte Note. Und dann erwachte ich aus diesem Traum und bin nun wieder bei euch. Das war schon sehr verhext. Ich will davon aber niemandem berichten, schließlich ist Maria Karolina, die Tochter der Kaiserin, bei euch – und der will ich nicht schaden!"

Darüber war ich natürlich ehrlich froh. Nun saßen wir bei Milch, Marmelade und frischem Brot in der Wirtsstube des Gasthauses. Nach einer Stunde wurden wir mit unseren Kutschen zurück nach Wien geleitet.

Der Gasthof Pfarrwirt sollte unsere nächste Suchstation werden. Das beschlossen wir gestern auf der Rückfahrt. Und nun waren wir schon wieder gutgelaunt und „in-aller-Früh" unterwegs. Maria Karolina trug das Jausenpaket, Peter und Anna wanderten daneben Hand in Hand und ich trottete hinter den Dreien.

Irgendwie waren diese 1762er Menschen besser zu Fuß unterwegs. Aber ich wollte nicht nachgeben und rannte immer wieder ein Stück, um den Abstand zu den anderen nicht zu groß werden zu lassen.

Die Wirtsleute waren erstaunt, als wir ihnen eröffneten, dass vielleicht Maria-Antonia in ihrem Hause versteckt sei. Sie widersprachen schon aus Respekt vor der Tochter der Kaiserin nicht, als wir sie ersuchten, im ganzen Wirtshause nach der Schwester Maria Karolinas suchen zu dürfen. Jedes Zimmer klapperten wir ab, hinter jede Türe blickten wir, in jedem Kasten suchten wir nach Hinweisen oder nach einer versteckten Maria Antonia. Schließlich kam der Tipp ja von einer Nirwanerin selbst. Warum sollte uns die belügen oder beschwindeln. Unter jedem Bett zählten wir die Staubteilchen, nach langer Suche gestanden wir uns ein, dass Maria Antonia nicht hier sein konnte.

Da warf ich noch einen letzten Blick hinter dem großen Eichenkasten in der Gaststube der Wirtsleute Svoboda.

„Sebastian, da suchte ich schon!", rief Maria Karolina. Ich ließ mich nicht abhalten, öffnete alle Läden und die große Doppeltür des Kastens. Wieder nichts, zornig knallte ich die Türe zu.
Fast hätte mir der Wutausbruch leidgetan, aber, was war das?

Aus einem schmalen horizontalen Riss rutschte ein weißes, beschriebenes Blatt zur Hälfte hervor. Überrascht, erfreut, aufgeregt zupfte ich den Brief zur Gänze aus dem Spalt, öffnete das Schreiben und las laut vor:

Joseph Unbekannter, der Entführer
Wohnhaft zu Klosterneuburg

An die VIER-Detektei
Peter, Maria Karolina, Sebastian, Anna
Wohnhaft. bei ihrer Majestät,
Kaiserin Elisabeth
Wien
Klosterneuburg, 1762

Werte VIER!

Marie-Antonia ist noch wohlbehalten bei mir. Wenn Ihr sie unversehrt wieder in eure Arme schließen wollt, dann hinterlegt im Schlossgarten Schönbrunn beim neuen Zoo, unter der letzten Eiche nach der Pappelreihe hinter dem Pavillon, eine stattliche Summe Geld, 20000 Gulden und ein Antwortschreiben. Vermeidet die Polizei, erzählt niemandem von diesem Schreiben, auch nicht Eurer Majstät, der Kaiserin Marie Theresia!

Ich hoffe, Ihr seid vernünftig und befolgt meine Anweisungen....

Ergebenst,
Marie Antonias Entführer
Entführer Joseph Unbekannter

Überrascht schauten wir uns an. Wieso kannte der Entführer unsere Namen? Wieso kannte er den Namen unserer Detektei? Hatten die Nirwanerinnen die Hand im Spiel? Verriet uns jemand? Fragen über Fragen...
Ich platzte unüberlegt heraus: „Wer von uns ist der Verräter?"
Da sah ich die verdutzten Gesichter meiner Sprungnasenund besänftigte: „Nein, ich glaube ja nicht wirklich, dass einer von uns die Finger im Spiel hat."
„Ja, es musste uns nur jemand beobachten, belauschen und mit ein wenig Geschick findet er auch schnell unsere Namen."
„Stimmt Peter, aber mir ist nun wirklich unheimlich zu Mute. Mit diesem Entführungsbrief wird mir erst die Tragweite bewusst. Maria Antonia wurde wirklich entführt. Die arme Maria Antonia. Wir müssen schnell handeln, jede Sekunde zählt. Aber wo sollen wir so viel Geld bekommen, wenn wir niemandem von der Erpressung erzählen dürfen?"
Maria Karolina stiegen das erste Mal Tränen in die Augen, aber ihre Kämpfernatur siegte und sie sprach mit fester Stimme:
„Jetzt erst recht, du mieser Entführer. Wir finden meine

Schwester. Wir sind die VIER, die Spürnasen, aber es ist besser, wenn wir unsere Beratungsgespräche in Zukunft im Geheimen machen, falls wir wirklich belauscht und beobachtet werden."

Ich versuchte Maria Karolina zu bestärken: „Maria Antonia ist sicher wohlauf, der Entführer möchte doch das Geld und das bekommt er nur, wenn deine Schwester gesund und munter ist!"

„Maria Karolina, du hast recht. In Zukunft führen wir unsere Gespräche über weitere Pläne erst dann, wenn wir uns vergewissert haben, dass niemand in der Nähe ist!"

Maria Karolina blickte hoffnungsvoll und wieder vollen Mutes in Richtung ihres Freundes aus der anderen Zeit.

„Ja und jetzt müssen wir nur mehr Lösegeld bekommen, also ich habe 20 Euro in meiner Tasche, aso, verflixt, ich bin ja , hmmm..."

„Sebastian, ich werde meiner Mutter einen Bären aufbinden und das kann ich in Notsituationen wirklich gut. Macht euch keine Sorgen. Es geht schließlich um das Leben meiner Schwester, da wird wohl eine Notlüge erlaubt sein?"

„Kannst du deiner Mutter nicht die Wahrheit sagen, sie will doch sicher über den Stand unserer Ermittlungen informiert sein, oder?"

„Peter! Ich werde ihr alles erzählen, was bisher geschah, aber das mit dem Erpresserbrief muss ich auslassen. Du hast doch selbst gelesen, was der Entführer schrieb. Meine Mutter hat genug Gold in den kaiserlichen Schlosskammern und da sie Gott sei Dank nicht jede Münze zählt, wird das nicht allzu schwer werden. Spätestens wenn wir Maria- Antonia gerettet haben, kann ich ja die Wahrheit über das Geld sagen. Was meinst du Sebastian?"

Damit war ich auch sofort einverstanden.

Schließlich setzten wir ein Antwortschreiben auf. Die Geldsumme würde Maria Karolina morgen von ihrer Majestät Mutter bringen.

„In-aller-Früh" trafen wir uns wieder. Maria Karolina erhielt von ihrer Mutter die Summe Geld. Sie erlaubte Maria Karolina, sich ein neues Reitpferd zu kaufen. Wir steckten das Geld und ein entsprechendes Antwort-schreiben ins Kuvert.

Nun wanderten wir in den Schlossgarten Richtung Zoo zur angegebenen Stelle. Das Los entschied, dass Peter den Brief unbemerkt an den vermerkten Platz hinterlegen sollte. Wir fanden ein tolles Versteck, um von dort den Platz mit dem versteckten Kuvert überwachen zu können.

So dachten wir zumindest. Es sollte sich aber als fast tödliche Falle herausstellen. Unser Versteck war eine kleine Höhle, die von riesigen Steinblöcken gebildet wurde. Von der Höhle aus konnte man den umliegenden Garten aber wirklich gut einschauen. So hofften wir den Abholer rechtzeitig zu bemerken und fest halten zu können.

Wir sahen, dass Peter nervös langsamen Schrittes entlang des Weges durch den Schlosspark ging. Er steuerte auf eine Gartenbank zu, die neben einem Brunnen und vielen schönen Blumen stand, nicht weit von der letzten Baumreihe, wo der Brief versteckt werden sollte. Immer wieder drehte er sich so unauffällig wie möglich um, um zu kontrollieren, ob ihn jemand beobachtete.

Doch nirgends fiel ihm etwas Komisches auf. Wir hatten alle große Angst, dass ihn die Entführer von Maria Antonia heimlich beobachteten. Aber wir sahen von unserem Versteck aus nur normale Leute gemütlich durch den Garten schlendern. Wir würden einen lauten Pfiff los lassen, sobald wir Verdächtiges sahen. Diesen Pfiff sollte Maria Karolina abgeben, sie konnte am besten von uns pfeifen. Ich selbst brachte nur immer zischende Luft zwischen den Lippen und Zähnen hervor.

Aufmerksam beobachteten wir Peter. Offensichtlich folgte Peter niemand. Als er die vergoldete Sitzbank erreichte, setzte er sich für einen kurzen Moment hin. Er schien zu überlegen, wo er den Brief am besten verstecken sollte. Es war ein bisschen windig und sollte der Brief nicht vom ersten Windstoß verblasen werden. Nach einer Denkpause erhob er sich.

Da tippte ich ihm auf die Schulter.

„Oh mein Gott. Bist du der Entführer? Töte mich nicht. Hier ist dein Erpressergeld!"

Erleichtert stellte er dann aber fest, dass ich es war, der sich angeschlichen hatte.

„Was machst du denn hier? Wir haben doch beschlossen, dass ihr in der Höhle wartet und beobachtet!"

Ich flüsterte meinem Freund leise zu: „Lieber Peter, wir hielten dort auch Ausschau, bis ich sah, dass dir der Brief aus der Hosentasche auf den Grasboden fiel. Du hättest ihn jetzt sicher verzweifelt gesucht. Hier, nimm ihn. Ich gehe wieder unauffällig zu den anderen zurück."

Geschockt und mit weichen Knien nahm Peter den Brief erleichtert entgegen. Ich entfernte mich von ihm und Peter legte nun so schnell es ging das versiegelte Kuvert unter den letzten Baum an besagter Stelle. Er klemmte den Brief in eine Baumritze, so war das Antwortschreiben auch vom Wind geschützt, bis es sich der Entführer holen würde.

Mit erhobenen Haupt machte er sich nun stolz auf den Weg zurück zu uns. Ich freute mich sehr, dass ihm nichts passiert war und alle lobten seine mutige Tat. Wir beschlossen, in der Höhle weiter Ausschau nach den Menschen zu halten, die unsere geliebte Marie Antonia entführt haben könnten. Wir wollten ganz genau aufpassen, um die Entführer beim Holen des Briefes zu erkennen und festzuhalten.

„Mir ist langweilig. Jetzt warten wir schon einige Stunden, um den Entführer auf frischer Tat zu ertappen. Doch wir haben noch nichts Auffälliges wahrnehmen können. Wenn ich etwas schlecht kann, dann ist es auf etwas Warten zu müssen. Ich werde da so ungeduldig Freunde."

„Sebastian, gib uns doch dein Handy. Erklär uns, was man noch alles damit machen kann. Dann vergeht die Zeit schneller."

„Maria Karolina, du bist sooo ungeduldig. Das hätte ich jetzt nicht gedacht. Wovon läufst du denn davon?"

„Dass du das jetzt wieder genauer wissen möchtest Sebastian, das war mir klar. Ich finde halt, dass das Leben einfach an sich schon zu kurz ist, warum dann Lebenszeit vergolden mit wartenden Minuten?"

Ich warf inzwischen einen erfolglosen Blick durch unsere Höhle, um zu sehen, ob jemand beim Briefversteck ist.
Ich übergab schließlich Peter mein Handy.
Er fragte: „Wie telesmartiert man, Sebastian?"
Maria Karolina und Anna lachten lautstark.
Ich versuchte ernst zu bleiben und sprach zu Maria Karolina: „Also du willst jetzt Maria Karolina anrufen." Da schrie Peter: „Maria Karolina!" Alle zischten: „Leise Peter, willst du uns verraten!" Peter meinte unschuldig: „Aber Sebastian sagte doch, ich solle sie anrufen, also schrie ich!"

„Ich bin mir wirklich nicht sicher, ob dir Sebastian am Handy etwas zeigen soll. Du kannst die Dinge ja nicht einmal richtig aussprechen, Peter. Das könnte für uns alle Konsequenzen haben."
Ich wollte Peter nicht blamieren und fuhr mit ernster Stimme fort: „Anrufen meint, dass du auf dem Handy eine Nummer eingibst. Jeder Mensch, der ein Handy hat, bekommt auch eine eigene Nummer. Die wird angewählt, wenn du mit jemandem sprechen willst. Verständlich, oder Peter?"
Das Blamieren übernahm nun Anna, indem sie bemerkte: „Ach Sebastian, ich glaub, dass das Handy nichts für Peter ist."
Peter schaute mit einem teuflisch bösem Blick zu Anna, die sich daraufhin wieder leise zurückzog.

„Peter, mir reichts jetzt. Wenn du dich nicht endlich Anna

gegenüber respektvoller verhältst, wird dir Sebastian gar nichts mehr zeigen und ich schmeiß dich aus unserem Bund. Jedes Mal wenn sie Einwände dir gegenüber einbringt, vernichtest du sie mit deinen grauenvollen Blicken. Wer glaubst du, wer du bist?!!!"

Anna kleinlaut zu Maria Karolina: „Ist schon gut Maria Karolina. Ich bin ja nur die Kammerzofe."

„Ich bin nett zu Anna, zumindest versuche ich es. Aber du weißt doch, dass es einer Frau nicht geziemt, einem Mann zu widersprechen. Ich halte das ja nicht so genau, aber in dem Fall musste es wohl sein! Ein Mädchen darf mir nicht frech kommen, stimmts Sebastian?"

Ich kam nicht zur Antwort, Maria Karolina war nicht zu bremsen.

„Nichts ist hier gut. Das nennt man scheinheiliges Getue. Wenn Peter in einem Bund sein will, muss jeder gleich fair und respektvoll behandelt werden, egal ob Mann ODER Frau. Ansonsten kann eine richtige Freundschaft nicht funktionieren."

„Anna versteht meine Welt. Du, Maria Karolina, scheinst ja schon viele Unsitten der Welt des Sebastians annehmen zu wollen: Hosen tragen, auf Bäume klettern, unhöflich sein, Männern widersprechen. Naja und aus dem Bund willst du mich auch werfen. Wer von den anderen ist da noch dafür?"

Anna schaute ängstlich zu Boden. Anna schluckte.

„Peter, wir sind durch meine Anwesenheit ein Zukunftsbund und Maria Karolina ist immerhin die Tochter der Mutter Kaiserin. Also solltest du versuchen, die Wünsche und Vorstellungen der Maria Karolina zu übernehmen." Ich sagte das mit möglichst ruhiger Stimme.

Maria Karolina lief rot an und musste ihre Stimme wirklich zügeln, damit sie in ihrem Versteck nicht aufflogen: „Weißt du Peter, möchtest du keine gleichgestellteFreundin, Partnerin? Hast du wirklich so wenig Selbstbewusstsein, dass du deine Meinung nicht trotz Widerspruches vertreten kannst oder durch eine respektvolle Unterhaltung zu einem Kompromiss zu finden? Denk doch mal nach, das sind nur festgefahrene Verhaltensmuster von denen man sich leicht trennen kann, wenn man dahinter steht."

„Ja, will ich doch, aber versteht ihr nicht, Sebastian, Maria Karolina? Das ist ja gänzlich gegen alle moralischen Vorstellungen meiner Welt: Frauen müssen folgen, sagen doch alle hier! Aber ich will mich bemühen, ich will ja ein Teil der VIER sein. Und Anna, findest du auch, dass ich mich jetzt so benehmen soll, wie es Maria Karolina gefällt und wie es in der Zukunft Sebastians zu sein scheint?"
„Um ehrlich zu sein Peter, es wäre das Schönste für mich!"
Maria Karolina schaute nun zufrieden, als sie bemerkte: „Gut. Das freut mich - wirklich. Es wird sicher noch eine Zeit dauern, bis du es verinnerlicht hast. Aber wo ein Wille da ein Weg."

Inzwischen tippte ich auf meinem Smartphone gedankenverloren: #unmöglich ... Eigentlich wollte ich ja - unmögliches Verhalten Peters - eintippen, aber die Macht der Gewohnheit. Und dass ich abschließend ENTER drückte, war auch so eine Gewohnheit. So ging Peters letzte Bemerkung im Donnern, bei einem Rütteln und Beben unter. Nachdem sich der Staub gelegt hatte, erkannten wir den Schaden.
„Lieber Viererbund, wir sind verschüttet. Das habe ich

gut gemacht. Verflixt!"

Maria Karolina wischte Steine und Dreck von ihrem Körper und blickte sich in der von dem Erdbeben verrauchten Höhle um: „Geht es euch allen gut?"

„Oh mein Gott. Dieses Gespräch war ja auch wirklich zu schön um wahr zu sein..."

Anna blickte sich nach Peter um und sah in ein schwarzes Gesicht.

„Anna, wenn wir da raus kommen, lernst du einen neuen Peter kennen. Aber jetzt müssen wir da irgendeinen Weg finden, Sebastian. Holla, Sebastian, aufwachen, du schaust ja, als wärst du eingefroren!"

„Mir ist das wieder fürchterlich peinlich. Warum passieren mir denn immer solche Peinlichkeiten? Ja, wie sollen wir denn da rauskommen, überall Steine?"

„Habe ich was Falsches gesagt, Anna? Warum starrst du mich so an?"

„Dein Gesicht ist voller Staub und ein Kratzer mit Blut bedeckt deine Stirn."

„Gut, Sebastian, nun ist es geschehen, dieses peinlich berührt sein bringt uns jetzt nicht weiter. Wir müssen einen kühlen Kopf bewahren und schnell hier rauskommen. Das Versteck ist unbewacht!!!"

Peter befühlte seine Stirn und besah das Blut, das an seinen Händen klebte. Da wurde ihm übel: „Um Gottes Willen, ich will noch nicht sterben, ist das eine große Wunde, Sebastian?"

„Frag doch Anna, die kann das auch beurteilen!"

„Ah so, ja, also Anna, wie schaut meine Verletzung aus?"

„Entschuldige Peter. Nein. Nur ein Kratzer. Ich war nur so erschrocken. Wir könnten die Steine wegräumen, doch das wird wohl ewig dauern."

„Wir könnten einen Gang graben? Stimmt, das dauert mit den bloßen Händen wirklich zu lange." Dabei fuchtelte Maria Karolina mit ihren Händen in der Luft, als wollte sie Luftlöcher graben.

„Jetzt beachtet sie mich gar nicht mehr, Sebastian und Maria Karolina. Seht ihr, das geschieht, wenn man den

Mädchen zu viel Aufmerksamkeit schenkt, was ihr ja wolltet."

„Sei still Peter. Mach dich nützlich und denk mit!"

In diesem Moment fing Anna wie eine Wilde an zu klopfen und zu schreien. Alle erschraken und hielten sich die Ohren zu. Peter beruhigte Anna mit netten Worten. Da hatte ich wieder eine meiner grandiosen Ideen, warum sollten wir nicht smartphonezaubern.

„Soll ich versuchen, das Erdbeben rückgängig zu machen. Das haben wir zwar noch nicht probiert, aber ich könnte ja nochmals #unmöglich eintippen, vielleicht kehrt das den Zauber um? Das klappte ja schon einmal, wenn ich mich recht erinnere!"

„Kanns noch schlimmer werden? Ich glaub nicht. Probier es doch aus. Ich will hier raus, ich hab furchtbare Platzangst." Und schon wieder begann Anna zu klopfen und schreien.

„Probieren geht über Studieren, ja ich probiers. #unheimlich und enter..." Nebel, zischen und langsam verschwand ich unter bedauernden Worten meiner Spürnasen.

„Sebastian, bleib, was machen wir ohne dich?"

„Na super. Nun verschwindest auch du. Menschenskind. Wir haben dieses Smartphone wirklich noch nicht unter Kontrolle."

Anna klopfte und schrie nun noch lauter. Peter rüttelte ohne Erfolg an einem Stein.

„Anna, bitte reiß dich zusammen. Peter, halte ihre Hände. Ich hör Sebastian ja kaum. Sebastian, wo bist du nun? Hört ihr ihn? Pssst, leise Anna!"

„Hört mir zu. Ich habe in der Aufregung eben nicht #unmöglich getippt und als ich meinen Fehler bemerkte, wars zu spät! Sehrt ihr, ich bin ein Tollpatsch, hoffentlich in euren Augen zumindest ein sympathischer Tollpatsch."

„Auwei. Auf jeden Fall ein lieber Tollpatsch. Aber nun haben wir echt ein Problem."

Anna fing wieder an zu klopfen und zu schreien. Peter stimmte nun mit ein und Maria Karolina blieb auch nichts mehr anderes über. Peter rüttelte wieder an einem Stein, bis seine Wunde erneut zu bluten begann. Da klopfte es von außen und Maria Karolina vernahm bekannte Stimmen.

„Wartet, Freunde, hört auf. Ich höre Stimmen von draußen. Und wenn mich nicht alles täuscht...."

„Da ist jemand in der verschütteten Höhle, unserem Spielversteck. Lasst uns die Steine da wegräumen und...", vernahmen die DREI von außen.

„Ja, es ist meine ältere Schwester Maria Amalia! Welch eine Freude! Ich kenne ihre Stimme ganz genau!"

Maria Amalia wunderte sich nach dem Wegräumen der Steine mit ihren Spielgefährtinnen, dass sie dahinter ihre kleine Schwester, die Kammerzofe Anna und den Hofnarren Prosch vorfanden. Ich musste ständig Acht geben, dass mir beim Entfernen der Steine keiner auf den Kopf fiel, schließlich sah mich ja niemand.

Maria Karolina fiel Maria Amalia um den Hals und freute sich, sie zu sehen:

„Danke, geliebte Schwester. Es gab ein Erdbeben und wir wurden verschüttet. Ihr habt uns gerettet."

Vorsichtig schlichen nun die Drei ebenfalls zur Stelle des Briefverstecks. Ich ging unsichtbar neben ihnen. Ich bemerkte, dass sie besonders darauf achteten, von niemandem gesehen zu werden. Aber die Luft schien rein. Kein Mensch war zu sehen - leider auch kein Antwortschreiben! Der Brief war weg und sie hatten nichts bemerkt!

Nun waren wir wieder keinen Schritt weiter und ich war unsichtbar....

„Zum Schluss ist er in seine Zeit zurückgesprungen!",
mutmaßte Maria Karolina. „Oder er ist auf Nimmerwie-
dersehen ins Nirwanaland abgetrieben!", ergänzte Peter. Beide Vermutungen trugen nicht zur Besserung ihrer
Stimmung bei. Um sie zu trösten sprach ich deutlich und
vernehmbar: „Habt keine Sorge, ich bin nicht in der Zeit
gesprungen, sondern so, wie das Maria Karolina ja schon
des Öfteren erprobte – ich sehe euch und kann durch
euch gehen, nicht aber durch Gegenstände! Daraufhin
kehrten sie zur eingestürzten Höhle zurück, von mir unsichtbar begleitet.

Maria Karolina setzte sich auf einen Stein ihres ehema-
ligen Gefängnisses. Da fiel ihr Blick auf eine glitzernde
Oberfläche, durch ein Baumblatt halb abgedeckt. Sie
stand auf, ging hin und rief mit zitternder Stimme: „Detektei, wir sind bald wieder VIER! Ich fand Sebastians
Smartphone. Ich tippe nun #Thera – sie wird uns hoffentlich helfen, Sebastian aus dem Nirwanadasein zu erlösen!"

Kaum getippt erschien Thera mit den Worten:
„Den Kämpfenden gehört die Welt. Ihr seid voller Taten,
ich helfe gern.
Ich, Thera, kämpfe hier seit ew´gen Zeiten in Nirwanas
Nirgendland,
die Starknirwanafee werd ich genannt,
denn stark bekämpf ich Ungerechtigkeit!!
Ihr kennt mich schon, ich komme gleich zur Sache:
Aus Nirwanaland wird Sebastian sogleich entlassen,
wenn ihr ein Wörter-Rätsel löst,
ein Rätsel, das Sebastian hilft, den Raum hier zu verlassen.
Löst ihr dieses Rätsel, so habt ihr eine Zahl zur Hand,
sie soll im Buch des Lebens eure und Sebastians nächste
Seite sein,
auf der erzählt wird dann von euren weiteren Taten.

Nun gebt gut Acht, hier euer Rätsel:
So wie man spricht schreibt man die fremden Wörter
nicht,

sechs Fremdwörter schreib ich hier euch auf in rein ge-
sprochner Weise:
Trening, Ricaicling, Saund, Tiem, Tienager, Tost, Bouling.
Ihr sollt sie richtig schreiben und
die korrigierten, neu gesetzten Buchstaben aller Wörter
sodann zusammen zählen,
und vom Ergebnis subtrahiert ihr dann die aktuelle Zauberzahl 1.
Jetzt dürft ihr mit der Zahl nach dem Kapitelsuchen –
doch:

Vergiss den Zauberspruch nicht laut zu sprechen,
wenn ihr im Buch des Lebens nach der Seite sucht:

Raum zu Raum und Zeit zu Zeit und Sicht zu Sicht,
nur wer das Rätsel löst,
den Zauber bricht."

8: Die Zeitsprungdetektive

Der Dschungel wich dem Treppenhaus, die Umrisse der Beiden erschienen, sie konnten ihr Glück kaum fassen. Vor der Tür ins Gemach der Kaiserin stand ein Diener, der sich zuerst die Augen rieb, dann mit der flachen Hand die Temperatur seiner Stirn maß, um schließlich wankend in Ohnmacht zu fallen.

Ich wischte meine feuchten Augen ab, ergriff die Hand von Maria Karolina und versuchte ein Lächeln.

Sie lächelte zurück. Während sie mir einen Kuss auf die Stirn gab, zog sie mich zur Tür. Sie öffnete diese vorsichtig und ließ mir den Vortritt.

„Trete er näher! Wir kennen uns schon aus dem Garten. Er hat mich lange warten lassen! Ich bin erbost. Maria Karolina und Maria Antonia sind seit einer Stunde nicht in ihrem Zimmer gewesen. Aber da bist du ja, Maria Karolina. Wo ist deine Schwester?"

„Liebe Mutter Kaiserin, davon weiß ich nichts!

Dann bleibt deine Schwester und meine Tochter Maria-Antonia verschwunden." „Sebastian, höre! Vor einer Stunde noch spracht ihr im Park miteinander, nun waren Maria Karolina und Maria Antonia nicht mehr in ihren Zimmern und im Unterricht!

Gut, eine Tochter ist nun glücklicherweise wieder da. Wo hat er Maria Antonia versteckt?"

„Ich bin unschuldig, ich war im Garten und dann im Gärtnerzimmer bei Peter – äh, der Hofnarr Prosch war ebenfalls dort!"

„Wir vertrauen unseren Bediensteten, wir kennen ihn aber nicht! Daher fällt mein Verdacht auf ihn. Wo hat er Maria Antonia versteckt? Das sind schlechte Scherze"

„Ich schwöre, ich hab sie nicht entführt, versteckt oder vertrieben! Ich sah sie zum letzten Mal mit Ihnen, Eure Hoheit!"

„Das kann ich ihm leider nicht glauben. Ich werde ihn einsperren lassen, bis er die Wahrheit spricht!"

Da begann Maria Karolina mich zu verteidigen und ihrer Fürsprache gelang es, meine Verhaftung abzuwenden. Dabei schlug sie vor, dass wir zu viert nach Maria Antonia vor Ort suchen könnten.

„Liebe Mutter Kaiserin. Ich mache Ihnen einen Vorschlag. Sebastian, Peter, Anna und ich verstehen uns gut. Wir könnten ein Team bilden und nach meiner Schwester suchen."

„Maria Karolina, das ist Sache meiner Polizei, da braucht ihr nicht zu helfen – und wenn ich Sebastian wegsperre, dann ist ein Verdächtiger weniger unterwegs!"

„Aber liebe Mutter Kaiserin, wenn wir vier zusammen sind, dann könnt Ihr versichert sein, dass Sebastian unter Beobachtung von uns steht. Und er ist unschuldig, ganz bestimmt!"

„Nun, dann sei es so. Beginnt unverzüglich mit der Suche. Und wir hoffen inständig, dass ihr Maria Antonia finden werdet! Nun geht!"

Ich schritt rückwärts und blickte verängstigt in Maria Theresias versteinertes Gesicht. Maria Karolin löste sich von ihrer Mutter und begleitete mich. Das konnte ja heiter werden! Wie sollten wir bei einer solchen Suche nur vorgehen? In meiner Zeit spricht man nicht nur umgänglicher, sondern hat auch das Internet zur Verfügung. Da kann man das Foto einer gesuchten Person hochladen und um Mithilfe bitten.

Aber in dieser Zeit – 1762 waren Fotos unbekannt und Gemälde die einzige Darstellungsform. Da blieben nur gedruckte Steckbriefe, die wir an verschiedenen Orten im Wiener Raum aufhängen konnten.

Maria Karolina verließ mit mir den Raum und ich flüsterte ihr zu:

„Danke, deine Hilfe werde ich dir nie vergessen!"

„Gerne, mein Freund. Nun haben wir meine Mutter mal fürs Erste beruhigt. Sie verdächtigt dich aber sicher noch weiterhin, deshalb brauchen wir einen Plan. Wo fangen wir mit unserer Suche an? Auf jeden Fall müssen wir an Orten suchen, die mit meiner Schwester in Verbindung stehen. Da fällt mir gleich der Stephansdom ein, denn da war Maria Antonia sehr gerne. Auch in den Wienerwald musste ich oft mit ihr gehen, denn sie liebt die Natur, vor allem statt dem Lernen...."

„Stephansdom machen wir zuerst, da ist es ruhig und

mir zittern noch die Knie von der Unterredung mit deiner Mutter. Ist die immer so förmlich, auch zu dir? Ein Umarmen oder gar ein Abschiedsbusserl ist in euren Kreisen wohl unbekannt?"

„Abschiedsbusserl?! Hihihi, du willst ein Abschiedsbusserl von der Majestät?! Ein bisschen eingebildet bist du aber schon mein Freund! Mich umarmt meine Mutter schon oft, auch liebevolle Worte und ein Küsschen auf die Stirn begleiten unsere Gute-Nacht-Rituale. Doch in der Öffentlichkeit ist sie sehr professionell und vermeidet ein emotionales Verhalten. Also dann machen wir uns auf zum Stephansdom? Wäre gut, wenn wir Anna und Peter vorher noch um Hilfe bitten, oder?"

„Klaro, gehen wir zum Gartenhäuschen, da sind die Beiden wahrscheinlich, oder?! Was machte Marie-Antonia eigentlich so gern im Stephansdom, warum ging sie dort sooft hin?"

„Du musst ja immer alles ganz genau wissen, du bist ein echter Detektiv. Meine Schwester spielt so gern mit Puppen und deshalb kamen wir sehr oft hierher, denn im Dom gab es keine Aufsicht von unserer Mutter. So konnte Maria Antonia ungeniert Kind sein und mit ihren Puppen spielen, ohne dauernd von jemandem zum Lernen angehalten zu werden. Ich beobachtete sie oft dabei und konnte meine Gedanken in der Ruhe des Domes ordnen."

„Also auf zum Gartenhäuschen. Ich glaube auch, dass wir Peter und Anna da finden werden. Los, wer zuerst dort ist!" Ich fing zu laufen an, sprang übermütig und siegessicher über Nelken, Tulpen und mir nicht bekannte Pflanzen.

„Maria, du erwischt mich nie! Jetzt spring ich auf den Brunnenrand und dann - oh ist das rutschig - ui, ich kann mich nicht halten...NEIN..."

Das Wasser spritzte, zwei Enten starteten in Todesangst und ich fühlte kühles Nass meine Kleidung durchdringen.

„Se-baaa-stiiii-an!!!! Hast du dich verleeeeetzt?! .... Oh mein Gott, hihihi!!! Wie witzig schaust du denn aus?!!!! Das hast du von deinem Übermut! Du bist so witzig!!! Haha"

Ich spuckte Wasser, hustete und keuchte, während ich versuchte, mich aufzurichten.

„Hilf mir aus dem Brunnen und lach nicht so schadenfroh. Das Wasser schmeckt scheußlich. Reich mir deine Hand, falls der gnädigen Frau dies gestattet ist!"

„Das Wasser solltest du auch nicht schlucken, außer du möchtest die nächsten Tage auf der Toilette verbringen! Jetzt sei nicht so empfindlich, wenn etwas witzig aussieht, muss ich einfach ganz laut lachen. Hier, nimm meine Hand. Und somit hab wohl ich das Rennen gewonnen!"

„Na-ja, ja, aber das Schwimmen ging an mich... Ab jetzt geh ich hinter dir, auf zu Peter und Zofe Anna! Ich seh die beiden schon. Hallo Anna, hallo Peter!"
„Grüß euch Gott, gnädiges Fräulein und Freund Sebastian. Wieso wirkt ihr so nervös?!"
„Haaalloooo Anna, hallooo Peter!!! Wir müssen euch was erzählen. Ihr werdet staunen... ich hoffe, ihr habt in den nächsten Wochen nichts Gröberes vor!!"
Peter zog beide Augenbrauen nach oben und fragte:
„Das klingt ja geheimnisvoll! Ein Abenteuer?"
„Und ob, du wirst nicht glauben, was dir Maria Karolina jetzt erzählen wird! Und natürlich auch dir, verehrte Anna! Schau mich nicht so an, hast du noch nie einen nassen Burschen gesehen? Ok. ich tropfe noch ein biss-

chen stark, ich bin halt noch nicht ganz trocken hinter den Ohren...."

Maria Karolina berichtete aufgeregt: „Meine lieben Freunde, ihr wisst ja, dass meine kleine Schwester Maria Antonia verschwunden ist!!! Sebastian und ich waren bei der verehrten Kaiserin, meiner Mutter, und bekamen den Auftrag, sie zu suchen. Da das Verschwinden aber mit dem Zeitpunkt des Erscheinens von Sebastians übereinstimmt, ist meine Mutter sehr skeptisch und vertraut ihm nicht. Sie macht ihn sogar dafür verantwortlich. Aus diesem Grund und um meine Schwester schnell zu retten, dürfen wir keine Zeit verlieren und brauchen eure Hilfe, damit die Suche schneller geht. Ihr wolltet ja sowieso Abenteuer erleben und aus dem tristen Schlossalltag entkommen, nun ist eure Chance gekommen. Das war noch nicht alles, wir haben in den letzten Stunden sehr viele Dinge erlebt, aber nun soll euch unser edler Zeitsprungreiter weitererzählen. Mein Puls ist schon auf 180. Es war der Wahnsinn, vor allem als ich Sebastian bei einem Wettrennen schlug und er eine Bruchlandung im Brunnen machte. Das hättet ihr sehen müssen!!!!! Hihihi -- Aua, spinnst du, du kannst mir doch nicht mit dem Fuß in den Po treten. Ganz normal bist du wirklich nicht.... steh doch zu deinen Niederlagen, junger Mann !!"

„Sebastian, was wolltest du im Brunnen?"
„Ich wollte dir Wasser zum Waschen mitbringen! Und dir, liebe Maria Karolina, kann man ja gar nicht in den Po treten, da ist ja nur bauschiger Rock! Niederlage? Ich wollte dir doch nur die Möglichkeit geben zu gewinnen."
„Sebastian, du sollst doch weiter erzählen, sprich endlich von den wichtigen Dingen!"
„Wir besuchten die Kaiserin Mutter, das erzählte Maria Karolina ja schon. Wir sind aufgefordert, dank der Fürsprache der schnellen Maria Karolina, ihre Schwester zu suchen. Ich finde das auch eine aufregende Idee und gibt meinem Dasein in eurer Zeit einen tieferen Sinn.
„Du bist so übergescheit!! UND auch trotz meines Reifrockes spür ich einen Stoß!!!! Grrrr..."
„War doch nicht ernst gemeint, kam ganz spontan..."

„...UND GIBT MEINEM DASEIN IN EURER ZEIT EINEN TIE-
FEREN SINN!!!! Hihihi, wie unser verehrter Pfarrer bei
einer seiner Predigten..."

„Ihr sprecht in Rätseln, Sinn, eure Zeit - ???"

„So WASTL, der Sinnsuchende, erzähl vom Handy, vom
unsichtbar machen, von den Nirwanerinnen!!!!"

„Was ist denn ein HENDI? Und Nirwanerinnen, ist das
etwas zum Essen?"

„Jetzt bin ich aber gespannt!"

„Ruhe, euer Pfarrer spricht - Maria Karolina, ich wollte
dich nicht beleidigen, du hast gewonnen - ehrlich - und
nenn mich bitte nicht WASTL - ich hasse diese Abkür-
zung. Liebe Anna, lieber Peter, ich komme aus einer anderen Zeit..."

Peter: „Andere Zeit? Geht's dir wirklich gut? Maria Karolina, war der Sturz in den Brunnen wirklich ohne Folgen?
Annas Frage möchte ich wiederholen - klärt uns endlich
auf!"

„Es stimmt wirklich, was er sagt! Ich dachte auch, dass er
mich veräppeln möchte, doch mittlerweile habe ich die
Beweise dafür am eigenen Leib erfahren müssen."

„HENDI, liebe Anna, ist dieses Ding, das ist ein Smartpho-
ne-HENDI, also wie ihr seht, gibt's da einen Bildschirm
mit Bildern drauf. Wenn ich den Bildschirm berühre -
seht ihr - dann öffnet sich von unten eine Tastatur, wie
bei einer Schreibmaschine - ach so, das kennt ihr ja auch
noch nicht. Vielleicht zuerst - ich schwörs - ich komm aus
der Zukunft, ja aus der Zukunft, schau nicht so skeptisch
Anna!"

„Zukunft? Ach du meine Güte. Das ist zu viel für meine
Nerven! Aber dann sag mir mal, wie lange werde ich leben?"

„Ich kannte dich in der Zukunft doch gar nicht, wie soll
ich das denn wissen! Anna, du bist ganz blass, setz dich
doch, soll ich dir was zum Trinken holen?"

„Lass das, Sebastian, das mache schon ich!!"

„Anna, sei nicht so steif und entspann dich mal. Das ist
DEINE Chance endlich lockerer zu werden. Du bist noch
so jung und lebst ein Leben einer alten Frau. Sei lustig
und lebe mit uns nun dein Leben!!!!"

„Ach Kinder, ihr habt ja Recht. Ich sehne mich schon lange nach mehr .... hm, für dieses Gefühl gibt es in meinem Wortschatz gar kein Wort, ...wie nennt man das?!"

„ACTION!!!! Dieses Wort gefällt mir so, das hab ich auf dem Handy von Sebastian schon gelesen. Sebastian erklärte mir, dass das Wort für „lebhaften Betrieb/Abwechslung/Unterhaltung" steht.... Er sagte mir, in seiner Zeit könnte man das Smartphone nach solchen Dingen befragen und das gibt dann eine Antwort - dieses Smartphone weiß alles!!!! Das bräuchten wir am Hofe auch - dann müssten wir nicht mehr so viele Stunden ins Lernen zu stecken..."

„Anna, ich war dir doch immer ein lustiger Geselle, oder? Wonach sehnt man sich denn als Mädchen??"

„Peter, nimm doch nicht immer alles persönlich. Genau das zum Beispiel, ich fühle mich durch all die Regeln am Hofe und meine Vorbildwirkung als Dienstmädchen eingeschlossen in einem engen Korsett. Das hab ich ja schon als Kleidungsstück an, aber nun habe ich endlich die Chance ein wenig freie Luft zu atmen. Sebastian, ganz egal woher du kommst und was ihr vorhabt,..."

Anna trat einen Schritt nach vorne und reichte mir mit einem Knicks die Hand. Dabei versicherte sie mir, dabei sein zu wollen und schlug vor:

„Wir sollten uns noch einen Namen für unsere Freundschaftsrunde einfallen lassen..."

Peter beeilte sich seine Hand noch vor Anna Sebastian zu reichen.

„OK, Freunde, wenn wir schon einander die Hand reichen, dann alle vier Hände gemeinsam - deine auch Maria Karolina. Passt -jetzt sind wir ein Detekteibund. Lasst uns schwören, immer füreinander da zu sein. Klingt das wieder nach Pfarrer, Maria Karolina. Vielleicht sollte ich sagen: Lasst uns gemeinsam freie Luft atmen, oder so...?!"

„Das gefällt mir. Alle vier Hände aufeinander, dies zeigt unsere Verbundenheit. Detektei? Was heißt das genau?"

„Naja, ein Suchbund, eine Gemeinschaft zum Suchen oder Beobachten von Menschen. In meiner Zeit ist das ein Beruf, ich dachte, das gibt es auch 1762 - so was wie ein Geheimdienst - ah, ja, das gibt's sicher in deiner Zeit!"

„Ja, das gibt's. Nur Detektei klingt für mich schon wieder so steif. Wollen wir uns nicht davon lösen... sollten wir uns „Spürhunde" nennen oder welche Wörter gibt es noch dafür?"

„Wie sind vier Menschen, wie wärs ganz kurz mit..."

Da rief ich fast gleichzeitig mit Peter: „VIER, die VIER?!"

Anna und Maria Karolina begeisterte dieses Kürzel. Sie fassten sich an den Händen und hüpften und sprangen im Kreis.

„OK. Unser Name sei -die VIER- wir können uns zusätzlich auch die vier Zeit-Sprungnasen oder Zeitsprungschnüffler nennen, was denkt ihr?"

„Zeit-Sprungnasen gefällt mir besser!", rief Anna.

„Du springst doch durch die Zeit. Wir könnten auch Sprungnasen nehmen, oder?"

„Peter, du kannst ja richtig lustig sein, wenn du willst. Unsere Runde gefällt mir jetzt schon.

Aber schön langsam sollten wir uns auf den Weg zu unserem ersten Sprungnasenort machen und nicht nur von der Arbeit sprechen. Ich möchte euch neben all unserer Freude auch an meine verschwundene Schwester erinnern. Das sollte erste Priorität haben für -die VIER!"

Die anderen durcheinander: „Du hast Recht Maria Karolina! Genug gequatscht. Gleich Morgen früh geht's zum Stephansdom!

„Ja, die VIER auf Spurensuche. Liebe hoch geschätzte und verehrte Maria Karolina, kannst du uns für Morgen eine Kutsche besorgen, das wäre fein!"

„Auf jeden Fall, ich werde gleich mit dem Kutscher sprechen und für morgen reservieren. Dann erholen wir uns noch bis dahin ein wenig. Ab Morgen wird unser Lebensalltag ein wenig anders aussehen. Anna kannst du mit den anderen Dienstmädchen sprechen und uns ein wenig Jausenbrot und frische Milch zum Trinken vorbereiten? Peter, du benachrichtigst meine Mutter über unsere morgige Abreise und dass ihr zwei uns noch begleiten werdet."

Auf zum Stephansdom. So wie von uns beschlossen, machten wir uns gleich früh morgens auf den Weg zum Dom. Ich trottete neben dem kaiserlichen Wagen, in dem meine neuen Freunde saßen. Die Sprungnasen hatten ihren ersten Einsatz. Ich wollte Bewegung, die Kutsche schien mir zu eng. Auf dem Weg dorthin spielte ich gedankenverloren stets mit meinem Smartphone. Maria Karolina erzählte mir durch das Fenster der Kutsche über das Leben der damaligen Zeit.

„Natürlich müssen Kinder ab dem 7. Lebensjahr arbeiten, schließlich sind sie da schon gut entwickelt und können die Eltern unterstützen!", meinte Maria Karolina erstaunt, als ich die vielen arbeitenden Kinder auf unserem Weg zum Stephansdom erblickte: Steine klopfend, Holzkarren schiebend, Getränke servierend, Schuhe putzend, Straßen kehrend... Aber ich sah auch Häuser, in denen Baumwolle verarbeitet wurde und lange Schnüre und Riemen gefertigt wurden. Durch offene Fenster bemerkte ich Kinder an einfachen Maschinen stehen, die irgendwelche Handgriffe tätigten.

Maria Karolina meinte dazu ganz selbstverständlich: „In den Baumwollspinnereien nebst den Riemenmaschinen arbeiten eine Menge armer Kinder. Jedes fleißige Kind kann sich so seinen Unterhalt reichlich verdienen. In den 12 Stunden Arbeitszeit wird eine einstündige Pause gewährt!"

Als ich nach der Bezahlung fragte, meinte sie, dass die Frauen das Doppelte der Kinder und die Männer das Doppelte der Frauen verdienten. Dies sei doch sehr gerecht, da Männer schließlich kräftiger gebaut seien als Frauen und diese stärker wären als Kinder. In der Industrie würde auch am Sonntag immer öfters gearbeitet. Die Kirche hätte damit keine Freude und beklage den moralischen Verfall der Arbeiterschaft.

Stolz erzählte sie auch von Wiener Brauereien, wo in industriellem Umfang Bier gebraut würde. Ich bemerkte besserwissend: „Ah, du meinst die Ottakringer Brauerei!"
Maria Karolina antwortete erstaunt: „Die kenne ich nicht, scheint erst in deiner Zeit zu existieren. Ich weiß von der Simmeringer Brauerei, die 1605 gegründet wurde. Ja und dann gibt's noch die Hütteldorfer Brauerei, die ist noch älter. Dort wird seit 1599 Bier erzeugt, allerdings nicht in industriellem Maßstab! In den Brauereien und Fabriken beträgt die tägliche Arbeitszeit rund 14 Stunden."

Dann berichtete Maria Karolina Peter und Anna nochmals von dem für sie so seltsamen Gerät, dem Smartphone. Die beiden wollten den Apparat nun ebenfalls gerne sehen. Schließlich gab ich nach, der Wagen stoppte und die drei Detektive stiegen aus. Anna und Peter ließen sich von mir zeigen, wie man damit Buchstaben eintippt. Sie versicherten mir, kein #unheimlich zu schreiben.
Peter reichte Anna das Smartphone und meinte:
„Sebastian hat recht mit seiner Vorsicht. Wenn ich es richtig verstanden habe, Sebastian, dann hast du auf diesem Ding immer das Gleiche geschrieben, nämlich diese durchgestrichenen Anführungszeichen - wie? Ja, ok, Raute oder Hashtag, und dann unheimlich. Du bist in der Zeit gesprungen, aber Maria Karolina wurde unsichtbar und blieb in der Zeit. Wo liegt da der Unterschied?"
Anna nahm inzwischen das Handy und begutachtete es.

Maria Karolina antwortete statt mir:

„Warum mit der gleichen Zauberformel - Hashtag# + Unheimlich" - zwei verschiedene Auswirkungen waren, haben Sebastian und ich leider auch noch nicht rausgefunden. Auf jeden Fall waren/ sind beide Auswirkungen gravierend."

„Aber unsichtbar zu sein ist doch toll. Ich hab mir das früher sehr oft von Herzen gewünscht. Keiner weiß, wo du bist, und du kannst überall Mäuschen spielen und die Leute ausspionieren. Auch können sie dir nichts mehr tun, denn sie sehen dich ja nicht....- toll!"

„Anna, ich glaube, unsere „Sprungnasen-Erfahrungen" können nur dein Selbstbewusstsein stärken. Du bist ja null selbstbewusst!"

„Anna, was drückst du da, schreibst du was?"

„Ich probier es gerade aus. Keine Angst meine Freunde, ich bleibe ansonsten auch gern unsichtbar. Peeeter, tu deine Hände weg vom Smartphone!!!!"

„Sie hat #unsicht geschrieben, was wird das Anna?"

„Neeeein, jetzt haben wir vielleicht doch ein Problem! Peter hat mich gestoßen und diese Autokorrektur oder automatisches Wörterbuch, wie du Sebastian mal erklärt hast, hat jetzt #unsichtbar daraus gemacht .... Oh mein Gott, ihr verschwindet gerade, nicht nur ihr. Ich traue meinen Augen nicht... die Straßen, die Bäume, die Häuser sind jetzt auch weg und es wird immer schlimmer! Schritt für Schritt verschwindet alles um mich herum, ich sehe vor mir nur mehr eine Art Nebel... Heeeelft mir doch!!!"

Peter ergriff Anna, ich winkte mit meinen Händen vor ihren Augen, als ich fragte: „Siehst du gar nichts von uns?"

Sachlich fiel Maria Karolina ein: „Mit dem Wörtchen #unsichtbar wird also alles für die Person unsichtbar, die das Wort eintippt. Nur die Person bleibt. Wir sehen dich Anna, das ist schon mal positiv. Auch sprechen können wir miteinander. Darüber bin ich erleichtert. Du scheinst zumindest nicht in einer anderen Zeit abgekapselt zu sein."

„Das klingt schon ein bisschen beruhigend, Maria Karolina. Aber nein Sebastian, ich sehe nun GAR NICHTS mehr!"

„Habt ihr dieses Geräusch gehört?!"

„Ich tippe jetzt einmal #unsichtbar, vielleicht hole ich dich zurück, Anna!" Mein Versuch blieb leider ohne Erfolg.

„Freunde, die Kutsche schaukelt!", rief plötzlich Anna.

Ich blickte auf und sah gerade noch, wie ein kleiner Dieb den Verschlag der Kutsche öffnete. Blitzschnell nahm er die gelbe kleine Handtasche von Maria Karolina an sich. Dann rannte er wie von einer Tarantel gestochen von uns Sprungnasenweg und versteckte sich hinter einer Säule.

„Wisst ihr was?! Meine gelbe Handtasche ist weg!"

„Weit kann der Dieb ja nicht sein. Hast ihn jemand gesehen? Du leider nicht, Anna, du siehst ja nichts mehr."

„Eine lange Straße, links und rechts Häuser mit vielen Eingängen ... der Dieb ist hinter der Säule dort verschwunden. Wie sollten wir ihn da finden. Hattest du wichtige Sachen in deiner Tasche, Maria Karolina?"

„Alle meine Notizen zur Entführung von Maria Antonia sind da drinnen. Und meine goldene Taschenuhr, die ich von meinem Großvater geerbt habe."

„Ich kann euch gerade leider gar nicht helfen. Meine Sicht ist null."

Da trat der kleine Dieb hinter der Säule hervor. Ich sah, wie er ein Stofftaschentuch, weiße Zettel und kleine Döschen mit seinem Fuß achtlos von sich schob. Dann schloss er sich mehreren vorbeigehenden Personen an und schlenderte mit desinteressierten Blicken, scheinbar in Gedanken versunken, neben einer Dame, die eben in Richtung Kutsche ging.

Zwei junge Mädchen machten sich nun an den kleinen Dieb heran. Er steckte dem links gehenden Mädchen die Taschenuhr zu, dem anderen Mädchen übergab er blitzschnell die leere, kleine gelbe Handtasche. Sofort verließen die beiden Jugendlichen den kleinen Dieb in verschiedene Richtungen. Er ging selbstbewusst in Richtung Kutsche.

Ich wollte eben loslaufen, als Anna meine Beobachtung bestätigte: „Leute!!!! Ihr werdet es nicht glauben!!"

Peter, Maria Karolina und ich riefen gleichzeitig: „Was, was sagst du, sprich...!"

„Schnell, ich sehe die gelbe Handtasche!"
„So ein Blödsinn, du siehst Gespenster!"
„Nur die Handtasche sehe ich. Sie geht in Richtung der Häuser da drüben!"
„Seit wann gehen Handtaschen?"
„Ich seh ja sonst nichts. Aber interessanterweise die gelbe Handtasche. Schaut doch genau, ist da wo eine Person mit der Handtasche um die Schultern gehängt?! Kommt schon!!!"
„Nein, ich sehe aber ganz weit vorne ein Mädchen mit gelber Tasche eiligen Schrittes von uns weg gehen. Daneben geht ein zweites Mädchen."

Während Maria Karolina das sagte, lief sie los und Peter eilte hinterher. Maria Karolinas weiter Rock schien sie nicht zu behindern. Gedankenlos rannte ich den Beiden hinterher.
Wir hatten die Mädchen erreicht. Maria Karolina schrie verzweifelt und zornig: „Gib mir sofort meine Handtasche zurück. Was fällt dir eigentlich ein?!"
Sie ergriff eines der Mädchen am Oberarm und fasste die Tasche. Das Mädchen probierte die Handtasche aus den Händen von Maria Karolina zu reißen. Da kam ihr das zweite Mädchen zur Hilfe und beide stritten mit Maria Karolina um die Tasche.
Peter packte beide an je einer Schulter und rüttelte sie heftig. Dabei riss er die Handtasche an sich. Durch den Ruck von Peter fiel aus der Jackentasche eines Mädchens eine goldene Taschenuhr. Beide Mädchen sahen sich erschrocken in die Augen, entwanden sich dem Griff Peters, stießen Maria Karolina zur Seite und versuchten zu fliehen.
„Seeeebastian, schnapp sie dir!!!"

Ich erkannte meine Chance und erwischte eines der fliehenden Mädchen gerade noch am linken Arm: „Wohin so schnell, junge Dame?" Das andere Mädchen machte daraufhin kehrt und kam hinzu.
Zusammen versuchten wir herauszufinden, wo die fehlenden Notizen sind. Die Mädchen zeigten schließlich mit dem Finger auf den Baum links von unserer Kutsche.

Da traf sich mein Blick mit einem älteren, unheimlich aussehenden Mann, der gleich neben unserer Kutsche stand und dem Geschehen sehr nervös zusah.
Dort neben dem Baum lehnte der kleine Bub. Er hatte einen Grashalm im Mund, den er lässig hin und her schob. Der Junge blickte zu dem unheimlich aussehenden Mann neben der Kutsche.

Ich durchschaute das Ganze nun durch meinen scharfen Verstand und warnte meine Spürnasen: „Das ist eine organisierte Familienbande, Freunde. Die gehören alle zusammen. Die zwei Mädchen hier, der Bub beim Baum und der ältere Mann neben unserer Kutsche. Wir können sie nun erpressen, indem wir sagen, dass wir die kaiserliche Palastpolizei holen. Dann reichen sie uns vielleicht die Notizen Maria Karolinas. Was sagt ihr?"
Alle waren sofort einverstanden.
Siegessicher ging ich zum alten, unheimlich aussehenden Mann und sprach ihn an: „Wir wissen, dass Sie der Kopf dieser kleinen Diebesbande sind. Sie haben eben die Tochter der Kaiserin beraubt und mein Freund Peter wird gleich zur Polizei eilen, um euch anzuzeigen. Dann ist es aus mit euren Spielchen, es sei denn, ihr gebt uns die Notizen, die in der kleinen gelben Handtasche waren."

Der Mann antwortete mit einem lauten Lachen und fühlte sich gar nicht bedroht von den vier Jugendlichen.
„Freunde, das wird so nichts. Nun probier ich was aus. Vertraut mir! Dreht mich einfach unauffällig in Richtung des Kriminellen!"
Inzwischen hatte Maria Karolina unbemerkt den kleinen Dieb erreicht, hielt ihn mit einer Hand an der Schulter fest, fasste mit der anderen Hand seinen Arm und drückte diesen fest auf den Rücken, sodass er kurz vor Schmerz aufschrie. Das sah ich und sprach zum alten Mann: „Mit einem kaputten Arm lässt sich schlecht stehlen, finden Sie nicht auch?"
Da überraschte uns Anna mit einer Fähigkeit, die wir noch nicht kannten. Sie ging einfach durch die Gartenmauer, die neben den Freunden war.

Als die Diebesmädchen das sahen, fielen sie in Ohnmacht, oder taten zumindest so. Der Mann sah Anna natürlich auch und als er merkte, dass sie anschließend wie eine Hexe auch die Kutsche durchschritt, wurde ihm ebenfalls schwarz vor Augen und er wollte nur mehr weg. Ein kurzer Wink zu dem Buben und schon kam dieser angelaufen. Wortlos mit grimmigem Gesicht händigte dieser ihnen die Notizen aus. Daraufhin ließen wir sie laufen.

Ich streckte den drei Sprungnasen die geballte Faust entgegen: „Check – das macht man in unserer Zeit, wenn man mit jemandem „einschlagen will", indem man die Fäuste frontal zusammenstoßt. Gut gemacht, „schlagt" ein. Wir sind doch ein erfolgreiches Team. Lasst uns jetzt zum Stephansdom fahren!"

Auch nach längerem verzweifeltem Herumtippen ließ sich für Anna die Umwelt nicht wieder sichtbar machen. Die Vier fanden sich damit ab, Peter nahm sie bei der Hand und führte sie durch die für sie nicht sichtbare Welt. Ohne diese Hilfe wäre sie durch Hausmauern, Kutschen und Häuser gerannt, was vorbeieilenden Passanten sicher nicht gefallen hätte. Sie war dazu blind für diese Welt geworden, sie sah nur ebenes Land. Aber sie konnte alle gelben Gegenstände sehen.

Stephansdom, endlich! Erstaunt blickte ich nach oben – da fehlte irgendetwas, in meiner Zeit, der Jetztzeit, ist ein Muster im Ziegeldach des Domes zu sehen, welches nur? Es wollte mir nicht einfallen…

Wir betraten den Dom. Da flüsterte Maria Karolina mir ins Ohr:

„Ja, da staunst du mein Freund? Solche großen Bauwerke wird es in deiner Zeit wohl nicht mehr geben oder?! Der Stephansdom ist ein Meisterwerk, wir sind so stolz darauf, die Stephanskirche ist das Herz von Wien und wurde schon 1240 erbaut- in gotischer Zeit. Sie ist 107 m lang und 34 m breit. Die größte Glocke Österreichs hängt auch dort und heißt Pummerin."

„Die Pummerin hängt auch in meiner Zeit noch da oben und das habe ich ohnehin alles gewusst..."

„Pummerin, und ach Sebastian, jetzt sei doch nicht immer gleich beleidigt. Es kann doch ein Mädchen auch mal mehr wissen wie ein Junge..."

Darüber musste Peter laut auflachen. Es hallte prima in der großen Kirchenhalle, auch Anna stimmte ein. Umstehende Personen blickten mahnend zu den VIER. Mir war das nun zutiefst unangenehm, zuerst mein Nichtwissen, dann dieser Auffaller durch das laute Lachen von Peter und Anna. Da verließ ich kurzerhand den Dom ohne Umzublicken.

„Was hat er denn? Sebastian, komm zurück. Wir müssen nach Hinweisen suchen, schon vergessen?"

Ich schloss die Türe hinter mir und setzte mich mit tränenden Augen auf die Stufen. War das alles zu viel für mich? Wahrscheinlich hatte ich den Zeitsprung, die ganzen Erlebnisse einfach noch nicht so richtig verdaut.

Maria Karolina verließ nun auch den Dom und gleich draußen neben der Türe saß ich. Den Kopf stützte ich auf meine Hände und es sah wirklich so aus, als träumte ich von Zuhause.

„Sebastian, es tut mir leid, dass du hier bei mir gefangen bist. Aber du musst lernen, dass ich in meiner Zeit sehr viel weiß. Das ist sozusagen meine Aufgaben neben der Schule- als Kaisertochter. Es ist unser Wien, wenn ich es nicht weiß, wer denn dann? Da brauchst du dich doch nicht genieren. In deiner Zeit würde es mir wohl nicht anders gehen."

Dankbar blickte ich für die tröstenden Worte auf: „Das ist dumm von mir, ich weiß. Meine Mutter sagt immer zu mir - du kommst in die Pubertät. Aber ich fühl mich manchmal so allein, nicht nur hier, so hilflos. Und hier bin ich auch noch fremd. Ich habe das Gefühl, alles falsch zu machen und nichts zu wissen."

„Ach Sebastian, ich weiß zwar jetzt nicht was PUBERTÄT heißt. Aber mir bist du in der kurzen Zeit zu meinem besten Freund geworden. Du bist ein so ehrlicher, lieber und sehr respektvoller Junge. Da könnten sich so manche Jungs in meiner Zeit etwas Abschauen. Die glauben alle, wir Mädchen sind weniger wert und müssen uns ihnen unterordnen. Das ist auch für mich als „Rebellin" oft sehr schwer, aber seit du da bist, fühle ich mich nicht mehr so unverstanden und alleine."

Anna, von Peter geführt, trat zu den beiden hin. Von uns nicht bemerkt, hörten sie uns schon seit einiger Zeit zu. Mein Gemütszustand erhellte sich bei den lieben Worten meiner geschätzten Maria Karolina.

„Danke, ich liebe Rebellinnen. Ich mag keine Heulsusen, obwohl, dann müsste ich mich ja jetzt selbst nicht mögen. Ich geniere mich ein bisschen, dass ich da jetzt in ein seelisches Tief gefallen bin. Aber dir vertraue ich und ich werde mich bessern. Und keine Sorge, wie gesagt, mir gefallen starke Mädchen und du bist eine davon. Du würdest gut in meine Zeit passen. Manchmal wundere ich mich, dass sich Frauen und Mädchen über so viele Jahrhunderte mit einer so untergeordneten Rolle in der Gesellschaft zufrieden geben mussten. Woran das wohl liegt oder gelegen haben mag? Und vor allem, dass sich die Mädchen und Frauen nicht dagegen wehrten, oder doch?"

Peter ergriff nun das Wort: „Lieber Sebastian, auch wenn du aus einer anderen Zeit kommst, Frauen sind nun einmal das schwächere Geschlecht. Wie willst du ihnen Aufgaben geben, die nur Männer machen können. Außerdem denken sie doch ganz anders, sie sind da viel schwächer - nicht umsonst wirst du keine Frau an der Universität finden. die wären doch heillos überfordert. Es gibt für die Menschen eine natürliche Ordnung und die ist eben so: Die Frauen sind für die Kinder da und wir Männer lenken das Weltgeschehen!"

Maria Karolina wurde nun rot vor Ärger und sie brüllte Peter an, während wir VIER den Dom wieder betraten.

Da beendete ein streng blickender Pfarrer unser Gespräch und begrüßte uns mit den Worten: „Ich heiße Gottlob Hans. Was führt Euch in Gottes Haus?" Er verneigte sich vor Maria Karolina, also kannte er sie offensichtlich, was ja auch zu erwarten war. Wir erklärten dem Pfarrer unser Begehr und begannen mit der Suche nach Hinweisen.

Auf dem Altar ließ Pfarrer Gottlob Hans ein Buch liegen: Carl Philipp Emanuel Bach. 1753. Versuch über die wahre Art das Clavier zu spielen. Ich klappte es auf und las zu meinem Erstaunen, dass dieser Bach Klavierspieler als Clavieristen bezeichnete und er Cembalo zu einem Flügel sagte. Heute versteht man unter Flügel ein großes Klavier, dessen Saiten mit Hämmerchen geklopft werden, ein Cembalo hingegen wird mit Kielen gezupft... So ändern sich die Zeiten, die Bezeichnungen und die Sprache, was ich ja nun jeden Tag am eigenen Leib erfuhr.

Wir beschlossen, uns aufzuteilen. Marie und ich wollten die linke Stuhlreihe nach vorne schreiten und nach Hinweisen suchen. Mir war zwar unverständlich, wie man einen Dom als seinen Lieblingsplatz auserkoren konnte. Aber Marie Antonia verbrachte jede freie Zeit im Dom, wie ihre Schwester Maria Karolina mir berichtet hatte. Nun so hatten wir zumindest Hoffnung, dass sich Marie-Antonia vielleicht hier nur versteckt hatte, eine Entführung wollten wir zu diesem Zeitpunkt noch nicht unbedingt annehmen, auch wenn ihre Kaiserin Mutter das vermutete.

Da eilten Peter und Anna auf uns zu und Anna flüsterte aufgeregt:

„Ich sehe nur ebene Landschaft, aber dort ganz vorne liegt ein gelber Gegenstand in dieser Ebene!"

Wir nahmen sie bei der Hand und sie wollte uns über die Sitzbänke hinweg zu dieser Stelle führen. Sie konnte ja ohne Probleme hindurch gehen, wir aber stießen uns die Knie wund. Daher legten wir manchen Umweg um Bänke, Säulen, Kerzenständer und auch Betende ein und gelangten schließlich zur Stelle, an der Anna den gelben Gegenstand wahrnahm. Wir sahen nur einen Beichtstuhl und wollten schon umkehren. Da meinte Maria Karolina: „Ich denke, da könnte in diesem Beichtstuhl etwas versteckt sein. Wir müssen ihn irgendwie öffnen Freunde."

„Der ist ja versperrt, Anna, kannst du wirklich da etwas Gelbes im Beichtstuhl sehen? Seid vorsichtig, der Pfarrer Gottlieb beobachtet uns!"

„Ja, ganz deutlich. Ich kann es aber leider so nicht erkennen."

„Sollen wir den Pfarrer Gottlob um Hilfe fragen oder habt ihr eine bessere Idee?"

„Prima Idee!", riefen wir alle gleichzeitig.

„Ich frage ihn gleich!". Da wandte sich Pfarrer Gottlob um und verließ den Kirchenraum über die Hauptstiege.

„Oh je, ich glaube wir sollten ihn gehen lassen und seine Geduld nicht noch mehr strapazieren."

„... und bist du nicht willig, dann brauch ich Gewalt, äh, ist nicht von mir, wird ein Herr Goethe in einigen Jahren in einem seiner Werke schreiben. Also, wie brechen wir die Türe auf? Vielleicht du Peter, du drückst hier und ich stemme mich da dagegen und Auuu - du trittst mir auf die Füße und jetzt hab ich mir einen Fingernagel auch noch abgebrochen..."

„Und wo ist Anna inzwischen hin, ich habe nicht gut auf sie aufgepasst, wegen dir Sebastian! Du mit deinem dummen Aufbrechen!"

„Oh Gott, uuups, das passt wohl in einem Gotteshaus nicht. Freunde, wir müssen einen Weg finden, ohne Gewalt. Es darf der Beichtstuhl keinesfalls zerstört werden!!"

„Maria Karolina, hast du Anna gesehen, wo ist die denn? Sie stand doch gleich hinter dir?"

„Ooooh nein, wir haben sie verloren... Nein, ich traue meinen Augen nicht... seht zum Beichtstuhl.."

„Ich trau meinen Augen auch nicht mehr. Eine Hand mit einer gelben Puppe ragt aus der Beichtstuhltür!"

„Es geistert, ich glaub ich geh jetzt mal...!"

„Jetzt ist es auch mir zu viel. Warte Sebastian, ich will auch hier weg....!!!"

Wir entfernten uns mit immer schnelleren Schritten vom Beichtstuhl. Peter ergriff mutig die Hand mit der Puppe.

„Und ihr nennt euch Sprungnasen? Ihr habt ja schon vor eurer eigenen Freundin Panik. Ich bin's!!!' Anna!!!! Ihr wisst doch, dass ich durch Dinge gehen kann, wenn ich das will. Ich hab das gelbe Ding, es ist eine Puppe! Ich schätze mal, dass die nicht in einen Beichtstuhl gehört..." Ich drehte mich um und blickte etwas verlegen zu Maria Karolina.

„Sebastian, wir zwei sind wieder die Affen. Komm, wir gehen zurück..."

„Wir dachten beide nicht mehr daran, dass Anna durch Gegenstände gehen kann."

Maria Karolina wandte sich zu Anna und sprach: „Das ist ja wirklich praktisch. Anna, du entwickelst dich noch zu einer richtigen Spürnase!"

„So meine Lieben, ich sehe euch nicht. Es ehrt mich, dass ihr euch über meine Fähigkeiten so freut. Aber ehrlich gesagt, möchte ich nicht bis ans Lebensende fast „blind" sein und nur gelbe Gegenstände sehen."

„Entschuldige Anna. Zeig jetzt mal die Puppe her. Leute, es hat sich ausgezahlt. Die VIER haben einen ersten Hinweis. Es ist nämlich die Lieblingspuppe meiner Schwester. Das heißt, sie war auf jeden Fall hier, oder Sebastian?"

„Super, dann können wir uns dem nächsten Suchziel widmen. Mich interessieren aber noch die Fähigkeiten:

Mit #unheimlich wird man versetzt und unsichtbar, kann aber nicht durch Wände gehen, ich konnte aber damals durch dich, haben wir probiert, Maria Karolina, erinnerst du dich. Dir hats aber nicht gut gefallen. Anna, mit #unsichtbar kannst du durch Wände, kannst aber nicht durch Menschen! Wahrscheinlich geht das wirklich nicht, sonst könnten wir dich ja nicht ergreifen und führen. Trotzdem - versuch doch noch einmal durch mich durch zu gehen, ich bin neugierig, ob das klappt."

„Nein. Habs probiert. Das funktioniert leider nicht. Oder Gott sei Dank. Wenn es für Maria Karolina damals so unangenehm war..."

Da prallte Anna gegen mich, was ich mit einem lauten Aufschrei kommentierte: „Au, meine Nase, das geht also wirklich nicht!"

„Ok. Dann Sebastian hast du alles richtig zusammengefasst. Wir müssen uns die Zauberformeln mit den dazugehörigen Fähigkeiten für die nächsten Herausforderungen merken"

Alle: „Machen wir, also auf zum nächsten Platz..."

Ich blickte meine Freunde an und sprach:

„Sprungnasen, zum Glück ein erster Hinweis, aber wird uns das bei der Klärung des Falles helfen? Morgen gehen wir jedenfalls in den Wienerwald und marschieren die Lieblingsstrecken von Marie Antonia ab, vielleicht ergibt sich da ja ein weiterer Hinweis!"

„Halt!", meinte darauf unsere „blinde" Anna! „Wir haben einen Lieblingsplatz von Marie Antonia vergessen!"

„Welchen, wo, sprich!", riefen alle Drei durcheinander.

„Denkt nach!"

„Spiel nicht die Siebenmalkluge und sag schon", forderte Maria Karolina ungeduldig.

„Na ja, solche Orte werden oft besucht, es gibt aber auch einen Platz, der zwar für viele Kinder kein beliebter Platz ist, aber trotzdem oft besucht -..."

„Die Klosterschule!", platzen alle heraus.

„Richtig!", meinte Anna und nickte triumphierend.

Also beschloss das Team am nächsten Morgen das Schulgebäude eingehend nach dem Unterricht zu untersuchen.

Peter versprach, sich um die „blinde" Anna zu kümmern, damit sie sich in ihrer Umgebung zurecht finden könnte. Maria Karolina wollte sich damit nicht zufrieden geben und sprach: „Sebastian, es muss doch eine weitere Möglichkeit geben, welches #un könnten wir denn noch probieren?"

„#unrichtig, #unaufmerksam, #unwahr, #un…"

Da flüsterte Anna fast unhörbar: „Vielleicht #ungeschehen…?"

„#ungeschehen, ja ungeschehen machen, das wollen wir doch! Los, tipp ein!", schrie Maria Karolina.

Ich handelte nicht gern auf Befehl eines anderen Menschen, das war wohl pubertärer Herrschaftsanspruch. Ich schluckte und verscheuchte diese Hinterweltsgedanken aus meinem Kopf. Schließlich tippte ich betont langsam: #ungeschehen

Sogleich vernebelte sich der Raum und in der Mitte erschien für alle gut sichtbar eine rot gekleidete Nirwanerin. Sie sprach mit tiefer, klarer und fester Stimme:

„Den Kämpfenden gehört die Welt. Wer sich im Klagen sonnt und keine Taten setzt, den meide ich.

Ich, Thera, kämpfe hier seit ew´gen Zeiten in Nirwanas Nirgendland,

die Starknirwanafee werd ich genannt,

denn stark bekämpf ich Ungerechtigkeit!

Gerechtigkeit und Tatendrang erstreit ich im Nirwanaland und auch auf Erden steh ich kämpfend bei!

So hört mir zu, ich bin die Freundin Hesias,

die zu euch steht, auf dass auch ich nun für euch kämpfe!

Aus Nirwanaland wird Anna dann entlassen,

wenn ihr ein Wörter-Rätsel löst,

ein Rätsel, das der Freundin Anna hilft, den Raum hier zu verlassen.

Löst ihr dieses Rätsel, so habt ihr eine Zahl zur Hand,

die schlägt für euch und Anna dann ein Neu-Kapitel auf im Buch des Lebens,

in dem erzählt wird dann von euren weitren Taten.

Nun gebt gut acht, hier euer Rätsel:
Fünf verschiedene Komposita, die aus zwei Nomen auf-
gebaut,
sollt ihr vor dieser meiner Rede finden,
ab der Stelle, als Sebastian zu seinen Freunden sprach:
„Sprungnasen, zum Glück..." bis dorthin als „Anna triumphierend nickte...".
Alle Komposita schreibt ihr euch auf im Singular.
Komposita, die Maskulina sind, multipliziert ihr dann
mal drei,
die Femina nehmt ihrsodann mal fünf! Zusammenzählen
und notieren!
Wer findet nun den Fachausdruck für Mehrzahl in Latein?
Die Zahl der Buchstaben dieses Fachausdrucks sollt ihr
nun noch hinzu addieren.
Von dem Ergebnis nehmt ihr noch die aktuelle Zauberzahl 25 dann weg.
Die Zahl ist gleich dem folgenden Kapitel – doch:

Vergiss den Zauberspruch nicht laut zu sprechen,
wenn ihr im Buch des Lebens nach der Seite sucht:

**Raum zu Raum und Zeit zu Zeit und Sicht zu Sicht,
nur wer das Rätsel löst,
den Zauber bricht."**

9: Letzte Chance

Ich saß noch bei meinem bescheidenen Frühstück und knabberte an einem trockenen Brot, als Pfarrer Gottlob ins Gartenhäuschen eintrat. Er war ganz nervös und erklärte:

„Lieber Sebastian, ich war gestern Abend zur Beratung des Hofstabs, des Polizeivorstandes und weiterer hoher Beamten mit ihrer Majestät Maria Theresia über die weitere Vorgehensweise bezüglich Entführung ihrer Tochter Marie-Antonia geladen. Ganz aufmerksam horchte ich ihren Überlegungen und Diskussionen über den möglichen Entführer zu. Die Anwesenden waren sich leider darüber einig, dass du der Entführer sein musst. Dafür spräche die Entführungszeit. Nie wurde ein hoheitliches Familienmitglied vor deinem Erscheinen am Hofe aus dem Schloss entführt. Dieses Argument ist auch für die Kaiserin sehr überzeugend. Vor allem hilft es ihr nun in ihrer großen Sorge um ihre Tochter, einen Schuldigen gefunden zu haben. Es gibt leider nichts mehr, wie ich dir helfen kann, mein Sohn. Die Majestät wird dich in unmittelbarer Zeit vorladen und dann schütze dich Gott."

Noch während er sprach, betrat Peter unbemerkt den Raum. Er hörte zu, nickte heftig und begrüßte schließlich den Pfarrer und mich.

Pfarrer Gottlob verabschiedete sich bei uns mit einem „Gott zum Gruße" und verließ das Schönbrunner Gartenhaus, in dem ich in letzter Zeit immer wieder ein bisschen Ruhe und Energie tanke.

Verzweifelt über diese Aussichten blieb ich vor meiner Tasse Kakao sitzen und starrte Peter an: „Ich fürchte mich, wie es wohl weiter gehen wird. Nun bin ich der Hauptverdächtige! Schön langsam wächst mir diese ganze Geschichte über den Kopf. Kann ich nicht einfach zurück zu meinen Eltern, meinem Fußball und wie gerne würde ich auch freiwillig wieder zu Hause die Schulbank drücken. Nie wieder werde ich die Schule schwänzen, falls ich je wieder in meine Zeit zurückkommen sollte. Was bringst du Neues, Peter?"

„Sebastian, auch ich muss dich unbedingt warnen. Ich erfuhr durch befreundete Bedienstete, dass die Kaiserin Maria Theresia nach langem hin und her zu dem Entschluss kam, dass nur du, Sebastian, als Entführer in Frage kommen kannst."

Peter zögerte und ich forderte ihn auf: „Was hörtest du noch?"

„Nun, es tut mir so leid Sebastian, aber du musst dich in nächster Zeit in Acht nehmen. Die Kaiserin-Mutter scheint einen Schuldigen gefunden zu haben. Das habe ich schon oft beobachtet, wenn etwas schief läuft, dann greifen die Menschen gerne nach irgendwelchen Schuldigen. Einmal ist´s der Teufel selbst, dann wieder sind es greifbare Personen, Hexen, Juden, Zigeuner, was gerade in den Sinn kommt. Und die Menschen klammern sich daran, das gibt Trost und lenkt von eigener Hilflosigkeit ab. Außerdem erweckt es den Anschein, etwas tun zu können. Ein der Tat verdächtiger Sebastian ist greifbar, kann verfolgt werden und hilft nun der Kaiserin in ihrer großen Sorge um ihre Tochter."

Ich kannte das ja aus meiner Zeit und wollte ihm schon ein Beispiel geben, unterließ es dann aber, das hätte wohl zu viel Zeit in Anspruch genommen. So erklärte ich nur: „Ich danke dir so sehr, Peter. Durch deine Warnung weiß ich nun, was auf mich zukommen wird. Du bist ein wirklicher „Dude" geworden. Ah sorry, das verstehst du natürlich nicht, in meiner Gegend heißt das „Freund"."

Da erschienen auch Anna und Maria Karolina mit einem großen „Holla" im Raum. Auch wir begrüßten sie, die VIER waren wieder komplett. Peter erzählte ihnen den letzten Stand der Dinge, Maria Karolina war allerdings bereits informiert. Sie beruhigte Sebastian, es sei ihr gelungen, ihre Mutter von einer sofortigen Verhaftung Sebastians abzubringen. Die VIER würden noch eine Chance bekommen.

Ich eröffnete daher die Diskussion: „Wie sollen wir dann also weiter vorgehen? Wahrscheinlich werde ich ja bei deiner Mutter Kaiserin vorgeladen!"

„Das befürchte ich auch Sebastian. Die Audienz bei meiner Mutter wird nicht ausbleiben, deshalb müssen wir uns mit der Suche noch mehr beeilen. Uns passieren mit dem Smartphone noch zu viele Fehler. Wir müssen es besser beherrschen lernen und bei der Suche brauchbarer einsetzen."

„Ja, Maria Karolina, wiederholen wir einmal die Eingaben und welche Wirkungen sie zeigten. Ich erinnere mich einmal an #unheimlich - da verschwinden die Eingebenden. Zurück gelangt man nur mit Hilfe der Nirwanerinnen, wir könnten sie doch befragen?"

„Man verschwindet aber nicht gänzlich, sondern man ist unsichtbar."

„Richtig und dann hätten wir #unsichtbar, da wo man Gelbes sieht. Stimmts Anna?"

„Die Formel #unsichtbar lässt die Person „blind" sein, man kann nur gelbe Gegenstände sehen, so wie ich zum Beispiel die Puppe und das Taschentuch sah. Dann brauchte man aber die Nirwanerinnen, um zurück zu kommen."

„Stimmt Anna, und wie wir ja alle aus dem letzten Ereignis wissen, bei der Eingabe von #unmöglich löst man Erdbeben aus. Erinnert ihr euch, als wir die Suchtipps bekamen? Da tippte ich #ungeschehen, einfach so, ohne Rückkehrgrund und eine Nirwanerin erschien trotzdem. Wenn wir das Ausprobieren, könnten wir sie herbeilocken und befragen, ob wir unser Handy auch selbst durch irgendeine Eingabe zur Rückkehr verwenden können."

„Das wäre natürlich toll, dann könnten wir die Befehle verwenden, ohne auf die Hilfe der Nirwanerinnen angewiesen zu sein. Was meinst du, Maria Karolina?"

„Ja, das ist eine grandiose Idee. Wir müssen uns endlich über alle Zauberformeln im Klaren werden, damit wir keine Zeit mehr verlieren. Schreib Sebastian!"

„Also tippe ich jetzt - eure Verantwortung - ich bin unschuldig, wenn wir im Schlamassel sitzen, versprochen?"

„Vor allem hat der Entführer ja jetzt das Lösegeld. So ewig wird er nicht mehr warten, bis er Maria Antonia....."

Als Maria Karolina daraufhin die Gesichtsfarbe wechselte, dämmerte Anna, dass sie nun wohl nicht ganz das richtige gesagt hatte.

Ich hörte nicht zu sondern tippte #ungeschehen, sogleich wurde es neblig und eine Nirwanerin erschien: „Was ist euer Begehr, ihr habt gerufen?"

Obwohl wir die Erscheinungen nun schon gut kannten, brachten uns diese immer wieder zum Erzittern. Das hörte man auch an Maria Karolinas Stimme, als sie sagte: „Gäa, wir brauchen bitte Ihre Hilfe."

Peter stotterte gleichzeitig: „Also, ähem, wir gedachten, sie, ähem, so wollten wir sie, ähem, nun..."

Er schien noch aufgeregter als Maria Karolina, die sich bereits beruhigt hatte.

Mir fiel aber etwas anderes auf, daher fragte ich erstaunt: „Maria Karolina, warum kennst du ihren Namen?"

„Weil Sie uns schon einmal erschien. Mich beeindrucken diese Nirwanerinnen, ich weiß noch jede beim Namen. Auch ihre Kleiderfarben helfen mir dabei!", flüsterte Maria Karolina zurück und sprach dann laut zu Gäa: „Edle Gäa, wir sind uns nicht darüber im Klaren, wie wir dieses Zauberhandy am zielführendsten einsetzen können. Auch wollen wir in Zukunft nicht immer Ihre kostbare Zeit in Anspruch nehmen. Deshalb unsere Frage: Können wir unser Smartphone durch irgendeine Eingabe auch selbst zur Rückkehr von anderen Welten verwenden?"

Während die VIER sprachen, verlautete Gäa mit dunkler Stimme:

„Die Schöpferin werd ich genannt, das Neue will ich für euch machen und euch behilflich sein. Doch müsst ihr wie beim ersten Mal aus meinen Worten Sinn erlesen, denn ohne Müh kein Preis entsteht. So hört mir zu: Ihr kennt die Zauberformeln fast zur Gänze und wenn ihr sie beenden wollt, so müsst ihr mit euch tragen, was euch versetzte. Das ist nicht schwer nun zu erraten, in großer Not dürft ihr mich aber jederzeit erneut befragen. Und vergesst den Zauberspruch nicht aufzusagen: Raum zu Raum und Zeit zu Zeit und Sicht zu Sicht, nur wer das Rätsel löst, den Zauber bricht."

Daraufhin wurden die VIER in dichten Nebel eingehüllt, Gäa verschwand mit einem leisen Zischen vor ihren Augen. Ratlos schauten sich die Sprungnasenan.

Peter fand zuerst die Worte wieder: „Sebastian versetzte dich, Maria Karolina. Also musst du ihn mitnehmen, damit du wieder zurück kannst."

„Das macht Sinn Peter: ‚...mit euch tragen, was euch versetzte! Du kannst ja gut Zauberrätsel entziffern. Was meinst du Anna?"

„Klingt jetzt sogar für mich logisch, ok. Aber wie soll ich jemanden mitnehmen, wenn ich z.B. unsichtbar bin?"

„Aber Sprungnasen! Ich hab´s, was bringt euch denn überhaupt dorthin, macht euch unsichtbar oder „blind" sehend? Na, und, nachdenken... Maria Karolina, worüber denkst du denn jetzt nach, du machst so ein schmunzelndes Gesicht. Holla, aufwachen!"

„Es tut mir leid Freunde. Ehrlich gesagt kenn ich mich gerade nicht aus. Könnt ihr mich aufklären. Ich glaube, ich bin etwas müde. Die letzte Zeit nagt wohl doch ein wenig an mir. Erklärst du es mir bitte Sebastian."

„Liebe Maria Karolina, liebe Anna, lieber Peter. Ohne mein Handy kein Sprung, stimmt´s. Wenn ich also jetzt zum Beispiel #unheimlich eingebe, dann..."

„Sebastian, meinst du das Smartphone? Das bringt uns doch erst dahin. Müssen wir das mitnehmen? Aber das war doch bei manchen Zeitsprüngen dann sowieso dabei, oder nicht?"

„Nicht immer war das Handy dabei. Beim letzten #unheimlich verschwand Sebastian. Er ließ es fallen und wir fanden das Smartphone, damit konnten wir mit #ungeschehen die Nirwanerin rufen, die uns half, Sebastian wieder zu bekommen."

„Und jetzt eben habe ich #unheimlich eingegeben, drücke Enter und..."

Kaum hatte ich gedrückt, hüllte dichter Nebel die VIER

ein und ich verschwand. Ich sprach aus der Ferne: „Jetzt kommt der Test, ich gebe denselben Befehl nochmals ein..."

„Jetzt bin ich ja mal gespannt... hörst du uns noch?"
Anna wurde wieder nervös und kaute an ihren Fingernägeln. Peter wartete ruhig ab.

„Keinen Millimeter weiche ich von deiner Seite, sonst verirre ich mich wieder, allerdings sehe ich ja jetzt alles. Beim letzten Mal war ich im Dschungel, was war da wohl der Grund, was war anders?"

„Du warst einige Tage jünger, haha."

„Peter, spar dir deine dummen Bemerkungen. Auch Haydn sah nur Dschungel, als ich versehentlich #unheimlich eintippte."

„Liegt es vielleicht daran, wer die Eingabe macht?"

„Gute Idee Anna, aber hör auf an deinen Fingernägeln zu kauen. Ich sehe alles, aber durch Wände kann ich nicht, aber durch Menschen. Habt ihr was bemerkt, ich bin durch jeden von euch durchgegangen, lustig!"

Maria Karolina und Anna schauten sich an und antworteten zeitgleich: „Nichts gespürt, Sebastian."

„Was auch komisch ist, als ich #unheimlich eingab, verschwand jemand anderer, nämlich Joseph Haydn. Als du Sebastian die Eingabe gemacht hast, verschwandst du und du siehst keinen Dschungel wie Haydn, hmmmm..."
Maria Karolina schüttelte ihren Kopf.

„Peter, dein Kopf fühlt sich so leer an, ich greife gerade hinein."

„Lass die blöden Scherze, Sebastian. Kümmere dich um die Auflösung deiner eigenen Frage, warum einmal Dschungel, einmal irdischen Sichtkontakt?"

„Du bist gemein, Sebastian!", meinte Anna lachend.

„Denkt mal nach, wie hielten wir denn das Smartphone bei den Eingaben? Vielleicht hat es auch damit etwas zu tun, wo die Linse hinzeigt oder wer im Handy gespiegelt wird bei der Eingabe?!"

„Bei Haydn hielt ich das Handy hoch, ich wollte ja ein Foto machen, was ich zwar nicht tat, aber ich hielt es hoch... Anna, das mit der Linse deutet auf eine Lösung hin, wenn..."

„Wenn du nicht gerade in anderer Menschen Köpfe herumgeisterst, scheinst du richtig produktiv zu sein..."

„...wenn man dann drückt, verschwindet die Person, auf die der Apparat zeigt, oder?"

„Sebastian, ich hielt das Handy hoch. Jetzt mal halb lang. An allem Übel warst du auch nicht schuld."

„Aber Maria Karolina, dann scheint es egal zu sein, wer schreibt und drückt. Wenn die Linse zu einer Person zeigt, verschwindet diese. Wenn die Linse zum Boden zeigt, verschwindest du selbst. Na ist Peter der Beste oder ist Peter der Beste?"

„Ja Peter, scheint so. Ich glaube aber eher, dass vielleicht nicht der Boden aufgenommen wird. Es muss schon eine Person gesichtet sein, die Linse erfasst eine Person. Wenn niemand anderer in der Linse ist, dann wird die Linse für ein „Selfie" tätig und es verschwindet der, der eintippt. Sebastian, so hast du das erklärt, oder?!"

„Maria Karolina, danke für deinen Zuspruch, ja aber, da gibt's noch den Unterschied, dass ich beim Zeitsprung wirklich auf den Fotoauslöser drückte, sonst..."

„Fotoauslöser? Schelfiiee?", rief Peter in die Runde.

„Ich hab's, jaaaa, Sebastian, das fehlte uns noch..." Maria Karolina schien das Rätsel gelöst zu haben. Triumphierend schaute sie in die Runde.

Anna sah den Dreien beim Grübeln zu und fand die Situation spannend.

Peter wollte aber nun unbedingt seine Frage geklärt wissen. „Hallo, hört mich jemand? Gleich mach ich den SCHELFIE, was ist das?"

Bei dieser Bemerkung musste ich lachen. Eigentlich ungerecht, woher sollte er denn wirklich wissen, was ein Selfie ist.

„Deshalb siehst du nun KEINEN Dschungel, weil du den Fotoauslöser gedrückt hast. Bei Haydn zeigte die Linse auf ihn, ich drückte zwei Mal hintereinander – ja deshalb Dschungelaufenthalt. Aber wie war das bei mir am Anfang Sebastian? Ich kam da plötzlich auch in den Dschungel. Kannst du dich noch an die Eingabe erinnern?"

Anna schämte sich keineswegs für Peters Fragen. Sie mochte ihn so wie er ist. Das erkannt ich an ihrem freundlichen Blick, der auf Peter ruhte.

Maria Karolina ignorierte Peters Frage, denn sie wollte

ernst bei der Sache bleiben und endlich zu einer Lösung kommen. Die Zeit tickte und die Audienz für mich bei ihrer Mutter nahte.

„Maria Karolina, du hast einen scharfen Geist, das gefällt mir! Der Unterschied stellt sich für mich zusammenfassend so dar, liebe Sprungnasen: Situation eins: Die Person drückt nach Eingabe von #unheimlich, die Linse schaut zu Boden oder auf eine Person – ab gehts in die Unsichtbarkeit ohne Dschungel. Schaute die Linse zu Boden, dann hüpfe ich selbst, schaut die Linse auf eine Person, dann springt DIESE im Raum. Ähem, nun Situation zwei: Alles gleich wie bei Situation eins, aber zwei Mal hintereinander gedrückt bedeutet, dass der Mensch dann leider im Dschungel landet... Und da dürfte es noch eine Situation drei geben.

Damals, als du schon unsichtbar warst, drückte ich mich selbst mit #unheimlich in die Unsichtbarkeit. Da du schon dort warst, wurden wir beide ins Dschungelland befördert. Unsichtbarkeit auf dieser Erde verträgt also nur eine Person, kommt eine zweite, dann ab ins Dschungelland. Kommt aber zu allem nun ein Foto dazu, dann erfolgt ein Zeitsprung, so wie ich das machte. Ja, dann bleibt noch die „blind" Sehende. Für das Blindwerden gelten wohl die gleichen Voraussetzungen, je nachdem wohin die Linse gerichtet ist, wie in Situation eins. Ob mehrere Personen blind werden können und was ein zweimaliges Drücken bei #unsichtbar bewirkt, haben wir allerdings noch nie erprobt! Aber wie komm ich jetzt wieder retour, das probieren wir jetzt gleich..."

„Sebastian, probier´s doch mal mit Schelfie!"

„Peter, probier´s doch mal mit Gemütlichkeit!"

„Ich bin gemütlich, aber Sebastian, erklär mir endlich was ein SCHELFIE ist!"

„Ein Selfie ist ein Foto von dir selbst." Peter fragte erstaunt nach: „Und was ist eigentlich ein Foto?"

Ich schaute hilfesuchend zu Maria Karolina, aber die sah mich ja nicht, spürte mich nicht, so sehr ich auch durch sie durch wachelte.

„Ganz ehrlich Freunde, wenn uns jemand aus unserer Zeit hier bei diesem Gespräch zuhören würde, würden wir alle VIER auf dem Scheiterhaufen landen. Vielleicht

Sebastian nicht, denn den sieht man ja nicht haha..."
Anna lachte sich krumm von ihrem Scherz und war stolz
darauf, sich endlich etwas Humor in die Runde bringen
zu trauen. Niemand lachte mit, eine peinliche Pause ent-
stand. Peter kratzte seine Stirn, ich beschäftigte mich
schon mit meinem Smartphone.

„Anna, es freut mich, dass du lustig bist. Eine ganz wichtige Angewohnheit wie ich finde!" Maria Karolina schiel-
te dabei zu den Burschen, um sie mit ins Gespräch zu
holen.
„Du schaust an mir vorbei, weiter links von dir steh ich..."
Nach einer verbalen Ermahnung von Maria Karolina bemühten sich Peter und ich Anna anzuschmunzeln. Obwohl ich es lächerlich fand, denn sie konnte mich ja gar
nicht sehen. Daraufhin musste ich wieder lachen.
„Gut. Zurück zum Wesentlichen. Wir driften schon wieder ab."

Ich hatte auf meinem Handy inzwischen #unheiml geschrieben und fragte vorsichtshalber nach: „Soll ich mich
trauen, ich schreibe #unheimlich gleich fertig..."
„Wir müssen es jetzt herausfinden. Geht schon, tippe
fertig ein." Maria Karolina blickte fordernd in die Runde.
Ich tippte #unheimlich fertig, ENTER und... Nebel stieg
auf, ich fühlte mich wieder real und zwickte gleich einmal Maria Karolina, um zu sehen, ob der Zauber verschwunden war.
„Sag mal, bist du von allen guten Geistern verlassen,
Zeitverrückter. Der zwickte mir in meinen Arm!!!"
„Juhuu, ich bin echt!"
Anna und Peter sahen Sebastian an und schüttelten bei-
de den Kopf.
„Ich werde dir gleich zeigen, wie echt du bist!!"
Da errötete ich und bemerkte: „Hoffentlich tut das nicht
weh!" Gleich darauf ergänzte ich erschrocken: „Holla,
hat jemand mein Phone gesehen oder genommen?"
Maria Karolina nahm ihre Hand von Sebastian wieder
weg und sah sich schnell um.
„Sebastian, du bist nach deinem Zwicken der Maria Ka-
rolina kurz vor die Türe gerannt, um einem Angriff Maria

Karolinas zu entgehen!"

„Ah ja, stimmt Peter!"

Ich bemerkte noch, als ich wieder zur Tür rannte: „Aber das dauerte nicht länger als mein Freudenruf - Juhuu, ich bin echt - !" Die Tür quietschte, ich war draußen. Peter verharrte in Gemütlichkeit und bemerkte: „Diese Zeit Sebastians muss eine hektische Zeit sein. Ich bin froh, 1762 zu leben! Stimmst du mir zu, liebe Anna?"

Anna gab Peter mit Überzeugung Recht und lief dann raus zu mir: „Da liegt es. Nimm es und steck es ein. Ich brauch jetzt eine Pause von diesem Smartphone. Wir wissen jetzt, wie wir uns die Eingaben zu Nutze machen können und wie wir ohne Hilfe aus „anderen Welten" zurückkommen können. Aber du musst besser auf das Smartphone aufpassen Sebastian. Wenn es mal wirklich verschwinden sollte, könnte das für jemanden von uns heißen, für ewig zum Beispiel im Dschungel verharren zu müssen."

Ich schaute an die Stelle, wo Anna das Smartphone zu sehen glaubte. Da war aber nur ein Stück glänzendes Eisen, wahrscheinlich der Rest eines abgebrochenen Kutschenhalfters.

Ich sah mich um, durchstrich das halbhohe, saftig grüne Gras und den Erdboden. Doch nirgends konnte ich mein Handy sehen oder ertasten. Es fuhr mir ein kalter Schauer über den Rücken als ich an die vorher erwähnten Worte von Anna dachte: „...`pass auf dein Smartphone besser auf!`...

`ein Verlust ist tragisch`... `ewig in einer Welt gefangen bleiben`...oh mein Gott, wo ist mein Smartphone? Was ist, wenn ich ewig in dieser Zeit bleiben muss, wie soll ich ohne Handy als Zeitmaschine jemals hier wieder zurückkommen...!?"

Ich fing an zu schluchzen und machte kehrt, trottete zurück in das Gartenhäuschen zu meinen Freunden.

„Sebastian, was ist denn los? Anna hat dir das Handy doch gezeigt? Warum schaust du so betrübt drein?" Maria Karolina ging mir entgegen und legte ihren Arm um mich.

Wenn ich nicht gerade so down gewesen wäre, hätte ich

mich über diese Geste riesig gefreut.

„Das war kein Handy, was Anna sah. Es war ein Eisenstück, das in der Sonne glänzte. Das Smartphone ist weg, ich hab es überall gesucht. Weiter weg war ich mit dem Handy nicht. Ich werde nun wohl für immer in dieser Zeit gefangen sein. Und die Suche nach Maria Antonia können wir ohne die Zauberformeln des Handys auch vergessen."

Maria Karolina verletzten meine Worte, dass meine Traurigkeit daher kommt, dass ich hier nicht mehr wegkommen würde, das nahm sie persönlich. Doch niemals würde es sich die kaiserliche Tochter anmerken lassen. Sie schwieg einfach nach der Erklärung von mir und machte sich nun noch größere Sorgen um ihre jüngere Schwester.

Peter und Anna bemerkten beide, dass nun sie für motivierende Worte zuständig sind. Sie bemühten sich, in ihren Freunden neuen Mut zu schöpfen und konnten uns zu einer erneuten Suche im und vor dem Gartenhäuschen überreden. Peter und ich suchten im Häuschen alles ab, Maria Karolina wie auch Anna stöberten draußen. Als die zwei Mädls nach einer Weile schon fast die Suche aufgeben wollten, entdeckte Maria Karolina plötzlich einen Jungen, der eine auffällige Latzhose trug, mit einem roten Strickjäckchen darüber.

Das konnte sie von hinten erkennen und diese Kleidung war ihr nicht unbekannt. Es war der kleine Georg, der sehr oft im Schlosspark spielte. Mehrere Male schon fiel er ihren Schwestern und Maria Karolina im letzten Jahr negativ auf, weil er den Mädchen hinterher spionierte. Nun ratterte es in ihrem Köpfchen, wie ich bemerkte, und bald war sie sich sicher, dass Georg etwas mit dem Verschwinden des Smartphones zu tun haben musste. Denn erstens, wie sollte das Handy im Gartenhäuschen oder davor einfach so verschwinden, wenn nur sie VIER anwesend waren. Und zweitens, der kleine Georg lief auffällig schnell, wie ein aufgescheuchtes Huhn. Der hatte Angst, dass ihn jemand sah. Also eindeutig schuldig! Ansonsten war weit und breit niemand unterwegs und eine gewisse Hinterlistigkeit hatte sie dem Georg immer schon zugetraut.

Maria Karolina teilte ihre Beobachtung und ihren Verdacht den drei restlichen Sprungnasen mit und schnell beschlossen wir, den hinterlistigen Georg zu verfolgen. Mein Ärger über den Verlust trieb mich an und ich lief in Eiltempo als erster dem Georg nach. Wir verfolgten ihn so unauffällig wie möglich durch den Park, dann über eine Schotterstraße, durch einen kleinen Wald und dann rechts in eine Wohnsiedlung. Hier musste der Junge wohl wohnen. Des Öfteren drehte sich der Bub während des Laufens um und vergewisserte sich, dass ihn niemand verfolgte. Einmal als er ganz abrupt zurückblickte, hüpften wir alle VIER hinter einen Baum und dabei fiel Anna auf Peter. Sie lag auf ihm und beide blickten sich erschrocken an, bis ich sie aus ihrem innigen Augenkontakt riss.

Als Georg endlich stehen blieb, hatten wir eine Wohnsiedlung erreicht. Die Sprungnasen vermuteten, dass der Lausbub hier wohnen würde. Wir warteten hinter einem kleinen Häuschen und beobachteten ihn heimlich aus der Hausecke. Wie die Bremer Stadtmusikanten stapelten wir unsere Köpfe dabei übereinander und hielten uns mit unseren Fingern an der Hauskante fest. Wir lugten nur mit unseren Augen hervor. Da kam auf einmal eine alte Frau um die Ecke und erkundigte sich, was wir denn da suchen würden. Anna nahm ihren Blick nicht vom Jungen ab und ich antwortete der Frau höflich, dass wir vielleicht einen Dieb entlarvt hätten und ob die gute Frau uns dabei behilflich sein wolle ihn zu stellen.

Die Frau war sichtlich angetan von mir, dem lieben, höflichen Sebastian, und sprach uns allen Hilfe zu. Anna erklärte ihren Freunden und der Greisin, dass sie den Jungen da drüben in einem grünen Mehrparteienhaus verschwinden sah. Die ältere Dame stellte sich als äußerst hilfsbereit und nützlich heraus, denn sie kannte so gut wie jeden in dieser Gegend. Seit 50 Jahren war sie nun stolz hier zu wohnen und gerade in diesem grünen Haus arbeitete sie 20 Jahre als Hauswartin. Sie teilte uns VIERen mit, dass wir mit ihr in das Haus kommen sollen und sie werde die Leute für uns nach diesem Georg befragen.

Wir VIER freuten uns über diese Hilfe und kurz nach diesem Gespräch standen wir schon vor der ersten Haustüre. Die Hausherrin dieser Wohnung sprach mit der alten Dame über den Jungen. Doch leider ohne Erfolg, sie wusste nicht, wen wir suchten. Vier Wohnungen und eine Stunde später standen wir in der Küche der Wohnung Nummer 7 und hatten Georg gefunden. Im Gespräch mit dessen Mutter fanden wir heraus, dass der Vater des Jungen vor einem Jahr im Krieg gefallen war und Georg leider seitdem etwas „durch den Wind" war, wie seine Mutter erklärte. Während des ganzen Gespräches sah ich Georg in seinem Zimmer sitzen. Ihm war nun sicher mulmig zumute.

Als wir VIER die Erlaubnis bekamen, den Jungen in seinem Zimmer aufzusuchen, war Maria Karolina überrascht, dass Georg aus der Nähe ein so trauriges Gesicht hatte. Er wirkte viel kleiner als von weitem.

Dem Jungen schossen noch bevor die Sprungnasen ihren Verdacht zu Ende sprachen, die Tränen in die Augen. Er ging zu seinem Bett und holte unter dem Kopfpolster das Handy von mir hervor. In unsere Freude über das Wiedererlangen des Handys mischte sich nun Mitleid. Es gab keine Konsequenzen für ihn und Maria Karolina bot ihm sogar an, öfter in den Schlosspark zum Spielen zu kommen. Wir vier Sprungnasen verabschiedeten uns bei Georg und seiner Mutter, auch von ihrer treuen Helferin der Greisin Maria und machten uns zurück auf den Weg zum Schlossgelände. Wir hofften inständig, dass die Kaiserin noch nicht nach ihnen suchen ließ.

Die Einladung zu einer Audienz bei ihrer Majestät, der Kaiserin, kam gleich am nächsten Tag. Ich holte mir noch die letzten Tipps von Maria Karolina, bevor ich in die Höhle der Löwin schreiten wollte. Sie meinte, dass ich sehr höflich, zurückhaltend und demütig auftreten sollte, dann würde ihre Mutter Kaiserin schon Gnade walten lassen. Außerdem hätte ich das ja schon einmal erfolgreich vollbracht.

Auf dem Weg in die Gemächer der Kaiserin trat ein Bediensteter an mich heran: „Ist er Sebastian?" Nachdem ich das bejahte, flehte er mich an, das kleine Schreiben seiner Gemeinde Klosterneuburg an ihre Majestät weiterzureichen. Es wäre eine erfreuliche Botschaft. Auf meine Frage, warum er das nicht selbst erledige, meinte er, dass dies für einen Bediensteten unschicklich sei. So genau kannte ich nun die Umgangsformen dieser Zeit auch nicht und da er mir vertrauenswürdig erschien, nahm ich das verschlossene Kuvert, um es der Kaiserin bei bester Gelegenheit zu überreichen. Dies war sicher einer meiner schlechtesten Entschlüsse der letzten Jahre!

Ich betrat nach Aufforderung das kaiserliche Gemach.

„Er komme zu mir!"

Die Kaiserin sprach streng und herrschend. Was sie mir mitteilen wollte, war mir ja ungefähr klar. Aber gleich in diesem Ton?

„Rasch, ich habe nicht ewig Zeit!"

Wenn ich an meine Zeitreise dachte, schien das aber schon irgendwie der Fall zu sein. Aber das konnte ich ihr ja nicht sagen. Schüchtern und schlimmes befürchtend schlich ich demütig zu ihr. Ich neigte mein errötetes Gesicht, kurz, ich benahm mich, wie Maria Karolina mir empfohlen hatte.

„Er weiß, dass ich ihn wegen der Entführung meiner Tochter verdächtige?"

Wenn sie nur mit dieser Anrede in der 3. Person aufhören würde! Aber das galt damals ja als richtig und notwendig.

„Ja, Eure Majestät!"

„Nun höre er, was ich beschlossen habe!"

Wenn ich mich nur auf der Stelle in mein Jahrhundert beamen könnte...

„Pfarrer Gottlob vom Stephansdom glaubt zwar an Eure Unschuld, ich hingegen setze Euch eine Frist! Wenn ihr nicht binnen 24 Stunden meine Tochter Marie-Antonia findet, lasse ich Euch in den Kerker werfen und vierteilen!"

Na das waren ja schöne Aussichten. Wie sollte das klappen, 24 Stunden.

„Das ist zu kurz, Eure Majestät!"

„Keine Widerrede! Seit er hier bei uns weilt, ist Maria Antonia verschwunden. Er muss etwas wissen!"

Natürlich, dass Maria Antonia am Schafott in Frankreich hingerichtet werden wird. So gesehen, wäre es also eigentlich besser, wenn Maria Antonia verschwunden bliebe. Aber das ist eine andere Geschichte. Außerdem passiert das ja in der nahen Zukunft, das konnte ich ihr natürlich auch wieder nicht sagen. Denn dann wäre ich gleich der Teufel in Person gewesen, der Antichrist – und in vier Teilen lebt es sich einfach nicht gut.

„Ich werde mein Bestes geben, Eure Majestät!"

„Das Beste ist das Auftauchen meiner Tochter. Und nun entferne er sich und bringe mir meine Tochter! Was zögert er?"

„Eure Majestät! Ich soll euch noch das folgende Schreiben aushändigen. Bürger aus Eisenstadt baten uns, es Ihnen auszuhändigen! Ihre Tochter, Maria Karolina war auch damit einverstanden, dass ich ihnen das Schreiben überreiche!", schwindelte ich.

Ich trat einen Schritt vor und gab ihr zitternd das Schreiben.

Sie brach das Wachssiegel und öffnete das Kuvert. Mutter-Kaiserin entnahm das Schreiben und begann murmelnd zu lesen:

Sehr hochgeehrte, allerdurchlauchtigste, großmächtigste, kaiserliche Majestät!

Einfach lebten die Bürger und Bürgerinnen stets.
Der Adel und der Klerus verdienten durch Abgaben der Bürger und Bauern.
Sie führten 1760 neue Steuern in Österreich, Ungarn, Oberitalien und Böhmen ein.
Das führte zur Verarmung vieler Bürger und Bauern
Wir ersuchen daher untertänigst,
dem Bürger- und Bauerntum diese neuen Steuern in Zukunft zu ersparen.

Alleruntertänigst, allergehorsamst und dienstergeben
Bürger und Bauern von Klosterneuburg

Noch während sie das las, begann sie mit ihren Zähnen zu knirschen. Ich wusste von Maria Karolina, dass dies ein Zeichen höchster Missgunst sei. Mir war gar nicht wohl zumute. Verdächtigt werden und dann auch noch der Überbringer einer Forderung, die nicht auf die Zustimmung ihrer Majestät hoffen durfte.

Da brach es aus ihr heraus: „Wenn er nicht in einer Minute aus diesem Raum ist, dann lass ich ihn gleich vierteilen. Raus! RAUS!" Die letzten Worte waren fast geschrien.

Zerknirscht und am ganzen Leibe schlotternd verließ ich fluchtartig den Schönbrunner Garten und eilte zu Maria Karolina. Sie schimpfte mich, dass ich ein solches Schreiben entgegen genommen und ungelesen überreicht hätte. Sie hatte ja recht...

Ich blickte vorerst treuherzig in die Augen Maria Karolinas und schaute dann verlegen zu Boden.

Maria Karolina erkannte sofort, dass ich etwas angestellt hatte. Darum wollte sie wissen: „Was ist es diesmal? Du hast meiner Mutter wohl hoffentlich nichts von deiner Zeitreise oder dem Handy erzählt?!"

„Neeiin, ... nun, deine Mutter verdächtigt mich nach wie vor und, und..."

Nach einer kurzen Pause ergänzte ich tiefsinnig: „und, und, äh, ..."

„Raus mit der Sprache!"

„Warum schaust du so streng mit mir, ich kann doch nichts dafür, dass deine Mutter mir - und damit auch den VIER - falls ihr mich nicht verstößt, nur eine 24 Stundenfrist zur Lösung des Falls gab - und, und..."

Maria Karolina legte ihre Hände vors Gesicht und musste kurz tief durchschnauben.

„Ja, sie wollte mich vierteilen, dann stünden jetzt vier Sebastian vor dir, ob dir das recht wäre??"

Maria Karolina meinte forsch: „EINER genügt mir VOLLKOMMEN!!! Und, was noch?"

„Das ist doch richtig gemein von ihr!" Und kleinlaut fügte ich hinzu: „Finde ich!"

„Seeeeebastian- erzähl weiter!!!"

„Nun der eine, vielleicht war´s auch der andere Sebastian, einer von den viergeteilten halt, überreichte ihr einen Zettel!"

„Was für EINEN ZETTEL?"

„Ein kleiner Brief halt... - mit einer kleinen Mitteilung..."

„Von wem?"

„Sehr höfliche Anrede: Sehr geehrte, allerdurchgehende Kaisermajestät, oder so ähnlich."

„Was ist das für EIN ZETTEL?"

„Mir hat einer der Wachleute den Zettel gegeben mit der Bitte, ihn zu überreichen. Der Brief war ja verschlossen und ich wollte den lieben Mann nicht enttäuschen - was hättest denn du getan, das tut man doch. Naja, ich würd's nicht mehr tun..."

„Du überbringst der Kaiserin eine Botschaft, die du nicht einmal kennst?"

„Was da genau stand, weiß ich nicht, ich konnte eben nur die Anrede durchgehende Majestät, oder so, lesen. Sie hat jedenfalls so geschrien, wie meine Mutter, wenn ich zu spät nach Hause komme, was ich ja eh nie mach. Jedenfalls gibt es eine Frist von 24 Stunden und jetzt heißt es handeln - auch wenn dein errötetes Gesicht nichts Gutes verheißt."

„Oh mein Gott, dann ist es noch schlimmer als ich angenommen habe. ABER du hast hoffentlich wohl nicht zu meiner Mutter gesagt, dass der Brief auch von mir kommt. Ansonsten kann ich mit dir in deine Zeit zurückreisen, denn meine Mutter wird mich schön langsam nicht mehr in den Palast zurücklassen wollen, wenn das alles vorbei ist."

„Ich musste deiner Mutter ja sagen, dass du mit der Überreichung einverstanden bist, sonst hätte sie den Brief nie angenommen, dachte ich, aller, allerliebste Maria Karolina!"

„DIESE Höflichkeitsfloskel ‚allerliebste' lässt du jetzt lieber mal weg, ansonsten werde ich deinen Kopf höchstpersönlich in den Kopf stecken, du lügender Wicht!"

Ich trat einen Schritt von Maria Karolina zurück, man wusste ja nie. „Kopf in den Kopf?", versuchte ich dann witzig zu sein.

Maria Karolina meinte mürrisch: „... in den Sand meinte ich natürlich. Du bringst mich noch um meinen Verstand."

„Hat doch alles auch was Gutes. Nun weiß ich, dass du

mit mir allein genug hast, weitere Sebastians magst du nicht - freut mich! Äh und auch dass wir genau 24 Stunden Zeit haben, was in deiner Zeit ohnehin 48 Stunden sind, wenn ich nicht irre."

„Also meine Mutter nimmt nun an, dass ich mit diesem Zettel und den Forderungen in Verbindung. Und sie war danach so richtig sauer. Zu allem Überfluss haben wir jetzt für die Rettung meiner Schwester nur mehr 24 Stunden- und das sind auch bei uns 24 Stunden, wenn es meine Mutter sagt!!! LEIDER. Ich werde später deinen Kopf in den Kopf, hihihi, stecken, jetzt müssen wir schnell Anna und Peter Bescheid geben."

Ich sah in das Gesicht der aufgeregten Maria Karolina, räusperte mich mehrmals bevor ich mit sehr leiser Stimme einen Vorschlag wagte, den Maria Karolina kurz zuvor ausgesprochen hatte: „Wir müssen schnell Anna und Peter Bescheid geben..."

„Dann los. Ich glaube, die beiden sind im Gartenhäuschen. Vom Eingang des Schlossparks bis dorthin laufen wir, komm!"

„Bist du jetzt nicht mehr aus dem Häuschen, ich meine wegen mir, tut mir ja alles so leid!"

„Keine Zeit, jetzt. Das wird für dich noch ein Nachspiel haben, aber ich befürchte, das übernimmt meine Mutter und dann bist du wirklich nicht zu beneiden."

„Aber Laufen, muss das sein? Da gibt es einen kleinen Brunnen, das Wasser kenne ich..."

Maria Karolina war nun wirklich am Ende ihrer Geduld: „S-e-b-a-s-t-i-a-n!!!"

„Ich hab eine Idee, du bist die Erste und wir eilen dorthin!"

Maria Karolina startete, dass ihre Haare hinter ihr herflogen und ich trottete mit hochrotem Gesicht nach. Die ganze Sache war mir wirklich peinlich, warum hatte ich den Brief nicht gelesen, warum überhaupt übergeben, und was werden Peter und Anna zu mir sagen. Noch eine Standpauke wäre mir jetzt wirklich zu viel. Maria Karolina war nun ein ordentliches Stück voraus und ich legte an Tempo zu. Angekommen im Gartenhäuschen klopften wir völlig außer Atem wie wild an die Holztür. Peter öffnete völlig überrascht die Tür und erkundigte sich sofort bei Maria Karolina was passiert ist. Anna saß am kleinen Holztisch und lauschte aufgeregt mit.
„Was ist mit euch?"
Ich war vom eiligen Tempo noch ganz außer Atem, zumindest tat ich so und blickte hoffnungsfroh zu Maria Karolina.

„Ich finde, da unser lieber Freund Sebastian, die super Sprungnase unter den VIER Sprungnasen, uns durch seinen Besuch bei meiner Mutter wirklich weitergeholfen hat, darf er euch die frohe Botschaft mitteilen!"
Maria Karolina sah mit einem verschmitzten Lächeln zu mir hinüber. Sie hatte ihre eigenen Mittel, wie sie es mir heimzahlte.
„Verflixt!", dachte ich und hob an: „Also, ihr wisst doch, dass ich heute eine Audienz bei ihrer Mutter Kaiserin hatte. Das Wetter war schön..."
Die anderen drängten mich weiterzuerzählen. „Mach's nicht so langsam, Sebastian!", forderte mich Peter auf, die anderen nickten zustimmend.
„Ich ging über die lange Stiege."
„SEBASTIAN!", rief nun auch Anna ungeduldig.
„Wir haben 24 Stunden Zeit, Marie-Antonia zu finden!", meinte ich nun kurz und blickte triumphierend in die Runde. Dabei versuchte ich Maria Karolina zuzublinzeln. Sie würde hoffentlich Ruhe geben. Diese verkürzte Erzählweise schien mir die beste Möglichkeit, bohrenden Fragen aus dem Weg zu gehen.

Bevor ich ausführlicher zu erzählen anfangen wollte, hörte ich plötzlich eine deutliche Nirwanerinnenstimme in meinem Kopf. „Wörter siehst du nun im folgenden Text, die falsch geschrieben!"
Sollte das eine Warnung sein, die anderen hatten nichts gehört. „Sebastian, wohin starrst du?" Maria Karolinas Äußerung brachte mich zurück.

Es kam zu meiner Überraschung kein Widerspruch, sie schienen mit meiner verkürzten Darstellung vorerst zufrieden zu sein. Vielleicht irritierte sie ja auch mein kurzfristiger Ausfall, als die Stimme innerlich zu mir von den nun folgenden Rechtschreibfehlern sprach.

Peter meinte nur: „Später musst du uns aber alles noch genauer erzälen!" Alle waren sich dann sofort einig. Wir beschloßen lautstark die Flucht. Niemandem würden wir sagen, dass unser letztes Suchzil Klosterneuburg sein wird. Wenn nimand davon wüsste, könnten wir die gesetzte Frist eventuel überschreiten, war unsere gemeinsame Überlegung. Wer sollte uns dann so schnell ausfindig machen? Wir waren vom Fluchtgedanken überzeugt, ja begeistert und immer wieder bestärkten wir uns übermütig und lautstark gegenseitig: „Wir sagen niemandem etwas, das ist unser Gehaimnis! Das erfahren keine Soldaten, keine Kaiserin-Mutter, keine Bedinsteten, niemand wird wissen, wo wir sind!" So und so änlich sprachen wir, dabei legten wir unsere Hände zum Schwur übereinander. Von unserem Flucht- und Suchgeheimnis abgelenkt, bemerkten wir die lauschenden Soldaten nicht. Diese dürften zufällig des Weges gegangen sein und wurden durch unseren Gesprächslärm angelockt. Nun wußten sie natürlich Bescheid und schritten zur Tat: „Wir müssen euch leider festhalten. Auch sie, hochverehrte Maria Karolina, werden wir festhalten. Ein Kollege von uns ist schon auf dem Weg zu ihrer Maiestät!" Sie hielten uns umzingelt, forderten uns sodann auf uns zu setzen. Ratlos blickte ich Maria Karolina an, die wieder die entscheidende Ide hatte und mir zuflüsterte: „Ruf mit deinem Zauberhandy doch eine Nirwanerin! Die helfen uns vielleicht!" Die Idee gefiel mir, aber warum war mir der Gedanke nicht gekommen. Mein Grübeln wurde durch einen sanften Seitenhib Maria Karolinas unterbrochen und ich begann zu Tippen: #H e s i a, ENTER gedrückt und: Nebel hüllte uns ein, erstaunt blickten die Soldaten in die Runde, dann erschien wirklich zu unserer Erleichterung eine Nirwanerin. An ihrer gelben Kleidung erkannten wir nun, dass es wirklich Hesia ist.

Sie sprach:
„Bewahren hilft der Welt zur Ordnung. Wenn Freiheit durch Bewahrung stirbt, ist das zu viel, so greif ich ein.
Ich, Hesia, bewahre hier seit ew'gen Zeiten in Nirwanas Nirgendland,
die Altnirwanafee werd ich genannt,
denn altbewährt seid ihr und nun gefährdet!
Die freie alte Ordnung stell ich im Nirwanaland und auch auf Erden gerne her!

So hört mir zu, ihr kennt mich schon und habt mich namentlich gerufen.
Eure Gefangenschaft wird ungescheh'n gemacht, gelöscht aus dem Gedächtnis,
wenn ihr ein Rätsel löst,
ein Rätsel, das euch allen hilft, Geschichte neu zu schreiben.
Das hätt auch meiner Freundin Gäa gut gefallen, nun, löst ihr dieses Rätsel, so habt ihr eine Zahl zur Hand, sie soll im Buch des Lebens eure nächste Seite sein, auf der erzählt wird dann von euren weit'ren Taten.

Nun gebt gut Acht, hier euer Rätsel:
„Peter meinte nur…", beginnt ein Text bis zu „…und ich begann zu tippen: …".
Wörter seht ihr dort, die falsch geschrieben.
Korrigiert und schreibt die Buchstaben heraus, die ihr ersetzt und dann neu eingesetzt.
Nun heißt es wieder rechnen, denn jedes „e" erhält als Wert die 2, ein „ss" bekommt die 4, ein „l", ein „j" und auch das „t" nur jeweils 1, die „h" hat 5. Multipliziert mit diesen Werten und addiert gleich die Ergebnisse dann zur neuen Zwischenzahl.

Von dieser Zwischenzahl nehmt ihr die aktuelle Zauberzahl gleich 30 weg.
Jetzt dürft ihr mit der neuen Zahl zum Abschnitt blättern
– doch:

Vergiss den Zauberspruch nicht laut zu sprechen,
wenn ihr im Buch des Lebens nach dem neuen Abschnitt
sucht:

Raum zu Raum und Zeit zu Zeit und Sicht zu Sicht,
nur wer das Rätsel löst,
den Zauber bricht."

Anhang: Lösungshilfen – nur für den Notfall

LÖSUNG: Kapitel 1: Das Jahr 1762

VERB 4, NOMEN 5, SUBSTANTIV 10, ADJEKTIV 8, PRONO-
MEN 8, ARTIKEL 7 =
42 (Buchstaben) – 34(Zauberzahl) = 8 (Kapitel)

LÖSUNG: Kapitel 2: Spannender Verdacht

Adjektiv	8
lauten	6
großen	6
blinde	6
rauchender	10
festes	6
glimmenden	10

52 (Buchstaben) – 48 (Zauberzahl) = 4 (Kapitel)

LÖSUNG: Kapitel 3: Die Flucht der Sprungnasen

e = 5, n = 14, d = 4, g = 7
Partizip Präsens: -end: 5 + 14 + 4 = 23
Partizip Perfekt: -ge: 7 + 5 = 12

23 + 12 = 35 – 30 (Zauberzahl) = 5 (Kapitel)

LÖSUNG: Kapitel 4: Herzensleid

Im Text:	Pluralform:	Buchstabenzahl:
lehrte	lehren	7
sang	sangen	6
erhielt	erhielten	9
stammen	stammten	8
ist	waren	5
wurde	wurden	6
weilt	weilten	7
spielte	spielten	8

56 (Buchstaben)
56(Buchstaben) – 49(Zauberzahl) = 7 (Kapitel)

LÖSUNG: Kapitel 5: Welches Zimmer?

Subjekt: Maria Karolina: 13 (S-Buchstaben),
Adverbialbestimmung (WO?): hinter der Wohnungstür:
20 (AB-Buchstaben)

Satzglieder-Anzahl: 1) Subjekt: Maria Karolina (wer oder
was?); 2) Prädikat: suchte; 3) Objekt 4.Fall(wen oder
was?) den Freund; 4) Adverbialbestimmung: hinter der
Wohnungstür (wo?) = 4 Satzglieder = 4 (Rätselzahl)

13 (Subjekt-Buchstaben) + 20 (Adverbialbestimmung-
Buchstaben) = 33 (Buchstaben)
33 (Buchstaben) . 4 (Rätselzahl) = 132 – 126 (Zauberzahl)
= 6 (Kapitel)

LÖSUNG: Kapitel 6: Der Abschied
Kein Rätsel –ENDE !

LÖSUNG: Kapitel 7: Lösegeld

Wort:	ersetzt/neu geschrieben	Buchstaben:
Training	ai	2
Recycling	ey	2
Sound	o	1
Team	ea	2
Teenager	e	1
Toast	a	1
Bowling	w	1
		10

10 (Buchstaben) – 1 (Zauberzahl) = 9 (Kapitel)

LÖSUNG: Kapitel 8: Die Zeitsprungdetektive

maskulin: der	feminin: die
Wienerwald	Sprungnase
Lieblingsplatz	Klosterschule
	Lieblingsstrecke
2 Maskulina mal 3 = 6	3 Femina mal 5 = 15

Mehrzahl = Plural hat 6 Buchstaben:

6 + 15 + 6 = 27

27 − 25 (Zauberzahl) = 2 (Kapitel)

LÖSUNG: Kapitel 9: Letzte Chance

erzählen, beschlossen, Suchziel, niemand, eventuell, Geheimnis, ähnlich, Bediensteter, wussten, Majestät, Idee, Seitenhieb, tippen

6 „e" (ersetzt) mal 2 (Wert)   = 12
2 „ss" (ersetzt) mal 4 (Wert)   = 8
2 „h" (ersetzt) mal 5 (Wert)   = 10
1 „j" (ersetzt) mal 1 (Wert)   = 1
1 „l" (ersetzt) mal 1 (Wert)   = 1
1 „t" (ersetzt) mal 1 (Wert)   = 1
                          33 (Buchstabenwert)
33 (Buchstabenwert) − 30 (Zauberzahl) = 3 (Kapitel)

Nachwort

Den Autoren war es ein Anliegen, auf Grund ihrer Erfahrung mit Kindern und Jugendlichen etwas Altersgerechtes, Lustiges und Spannendes zum Lesen und auch Lernen für euch auf den Markt zu bringen. Sie hoffen, dass ihr beim Lesen ihres Romans die Abenteuer mit den Sprungnasen spannend miterlebt und dabei vielleicht ganz nebenbei auch Brauchbares für die Schule mitnehmen könnt.

Die Autorin Fr. BEd Limpl-Götzinger Cindy wurde am 13.10.1987 im Pinzgau geboren. Sie arbeitet als NMS Lehrerin seit 2014 an der NMS Lehen in der Stadt Salzburg. Damit ihr ein bisschen mehr von der Autorin erfährt, hier ein paar Eckdaten aus ihrem Leben:
Cindy besuchte den Kindergarten und die Volksschule in Stuhlfelden (Pinzgau) und machte ihren Hauptschulabschluss in der Hauptschule Mittersill (Pinzgau). Mit 12 Jahren begann ihre Snowboardkarriere im Salzburger Kader, wo sie bis zu ihrem 18. Lebensjahr sehr erfolgreich an FIS- und Europacuprennen teilnahm. Nach vielen schwerwiegenden Verletzungen entschied sie sich mit 18 Jahren auf ihre berufliche Karriere zu konzentrieren und schloss in diesem Jahr auch die Matura im Oberstufenrealgymnasium in Mittersill ab. Von 2006 bis 2009 studierte sie an der Pädagogischen Hochschule in Salzburg, um Lehrerin zu werden. Sie beendete dort ihr Bachelorstudium erfolgreich in den Fächern Deutsch, Technisches Werken und Interkulturelles Lernen.
2010 schrieb die Autorin ein Buchzu/mit folgendem Thema: Die Drogen- und Suchtproblematik und ihre Thematisierung im Deutschunterricht: Exemplarische Kinder- und Jugendliteratur als Medium der Auseinandersetzung. Nach dem Studium arbeitete sie zwei Jahre an der HS Uttendorf im Pinzgau, danach drei Jahre in

der VS/ HS Laufenstraße (Schule für schwererziehbare SchülerInnen). Während dieser arbeitsreichen Jahre bildete sie sich weiter fort und schloss sodann in folgenden Bereichen mit einem Zertifikat ab: Weiterbildung zur Besuchsschullehrerin (Studentenausbildnerin), Vertrauenslehrerin, Ausbildung in der Krisenintervention.

Die Autorin freut sich über jedes lachende und gespannte Gesicht, das ihr Buch bei euch Kindern und Jugendlichen auslöst.

Der Autor Hr. Mag. Dr. Frenkenberger Gerald ist ein guter Freund und Kollege von Fr. Limpl-Götzinger und die gemeinsame Arbeit an dem Roman für euch machte ihnen sehr viel Spaß.

Hr. Frenkenberger wurde 1956 in der Stadt Salzburg geboren, viele Sprungnasen weit vor Cindy. Im Stadtteil Itzling besuchte er die Grundschulen, die Volksschule und Hauptschule. Auch für das weiterführende Gymnasium, die Hochschule und Universität blieb er der Stadt Salzburg treu. Er ist Diplompädagoge und promovierter Linguist (Doktor der Sprachwissenschaft) und seit vielen Jahren wissenschaftlicher Mitarbeiter im Fachbereich Linguistik an der Universität Salzburg. Er betreut Graduierungsarbeiten und Forschungsvorhaben. Seit 20 Jahren ist er als Lektor im Fachbereich Linguistik an der Universität Salzburg im Bereich akustischer Perzeption (Sprach-Wahrnehmung) tätig und lehrt seit 2012 an der Pädagogischen Hochschule und nun im Cluster Mitte linguistische Fächer in der LehrerInnenausbildung.

Als Diplompädagoge für Deutsch, Physik und Chemie unterrichtet er seit 1977 an Hauptschulen in Salzburg. Er war als „DaF" Lehrer tätig und wurde 2003 vom IntegrationsFonds des österreichischen Bundesministeriums für Inneres als Kursleiter für Deutsch-Integrationskurse zertifiziert.

Außerdem erarbeitete er von 2012 bis 2014 im Auftrag des BIFIE mit Frau Mag. Kleedorfer Jutta die Standard-überprüfung im Bereich „Deutsch Sprechen" für die 8. Schulstufe.

Der Karikaturist Hr. Fuchs Alois ist ein Schulkollege und langjähriger Freund von Gerald. Er wurde eine weitere Sprungnase von Cindy und Gerald entfernt 1955 in Bürmoos geboren. Als leidenschaftlicher Fotograf, Karikaturist und Grafiker ist er seit 1985 selbstständig in Bürmoos tätig.

Beliebt sind seine „visuellen Protokolle". Dabei karikiert er während Firmenseminaren, Kongressen, Konferenzen oder bei Trainingsstunden die Teilnehmerinnen/Teilnehmer in verschiedenen Situationen humorvoll mit seinen Figuren.

Was könnte nun daher besser passen, als ein paar abschließende Karikaturen aus dem Leben von Alois...

192

**Zusammen als Team wünschen
WIR DREI euch Lesern und Leserinnen
sehr viel Spaß und spannende Lesestunden
mit den VIER Sprungnasen und ihren Abenteuern!
Und nicht vergessen:
Über Rückmeldungen und Anfragen freuen wir uns:
http://frenkenberger-limpl.pageonpage.com**

Druck:
Canon Deutschland Business Services GmbH
im Auftrag der KNV-Gruppe
Ferdinand-Jühlke-Str. 7
99095 Erfurt